10
18

12, AVENUE D'ITALIE. PARIS XIIIe

Sur l'auteur

Né en 1952 à Cincinnati (Ohio), Michael Cunningham vit à New York. Son premier roman et ses textes publiés dans le *New Yorker* lui ont attiré la faveur de la critique américaine, mais c'est *La Maison du bout du monde* qui lui apporte la consécration littéraire. Après *De chair et de sang*, *Les Heures*, couronné par le prix Pulitzer et le PEN/Faulkner Award, *Le Livre des jours*, *Crépuscule* et *Snow Queen*, *Ils vécurent heureux, eurent beaucoup d'enfants et puis...* est son dernier ouvrage.

MICHAEL CUNNINGHAM

ILS VÉCURENT HEUREUX, EURENT BEAUCOUP D'ENFANTS ET PUIS…

Traduit de l'anglais (États-Unis)
par Anne Damour

Illustrations de Yuko Shimizu

10/18

BELFOND

Du même auteur
aux Éditions 10/18

LA MAISON DU BOUT DU MONDE, n° 3512
LES HEURES, n° 3654
LE LIVRE DES JOURS, n° 4530
CRÉPUSCULE, n° 4635
DE CHAIR ET DE SANG, n° 4990
SNOW QUEEN, n° 5052
► ILS VÉCURENT HEUREUX, EURENT BEAUCOUP D'ENFANTS ET PUIS…, n° 5258

Titre original :
A Wild Swan and Other Tales
publié par Farrar, Straus and Giroux, New York

ISBN 978-2-264-07052-4
Dépôt légal : novembre 2017

DÉS-ENCHANTÉS

La plus grande partie d'entre nous n'a rien à craindre. Si vous n'êtes pas un fantasme délirant des dieux, si votre beauté ne perturbe pas les constellations, personne ne vous jettera un sort. Personne ne souhaite vous transformer en animal, ou vous plonger dans le sommeil pendant un siècle. Le mauvais génie déguisé en fée ne songe pas à vous proposer trois souhaits, dont l'un dissimule un sort telle une lame de rasoir cachée dans un gâteau.

Les jeunes filles sans grâce – celles qu'il vaut mieux voir à la lumière des bougies, corsetées et fardées – n'ont pas à s'inquiéter. Les héritiers bedonnants au visage grêlé, qui tourmentent leurs rejetons et s'acharnent à gagner à tous les jeux, sont à l'abri des malédictions et des sortilèges. Les vierges de second choix n'éveillent pas de forces destructrices ; les blancs-becs immatures n'attirent pas la colère des démons et des esprits.

Pour la plupart, nous sommes capables de surmonter nos propres déboires. Les puissances vengeresses cherchent seulement à briser les individus les plus rares, ceux auxquels ont été conférés non seulement le pouvoir et la renommée, mais aussi une beauté qui fascine les oiseaux dans les arbres, alliée à une grâce, une générosité et un charme si naturels qu'ils en deviennent qualités ordinaires.

Qui ne souhaiterait bousiller ces gens-là ? Qui ne comprend, dans ses tréfonds les moins avouables, l'envie qui pousse démons et sorciers à persécuter ces mutations humaines clairement destinées par des déités préoccupées par leur seul plaisir à rendre chacun de nous plus solitaire et plus insignifiant, plus gauche, plus indécis et plus fautif que nous ne le sommes vraiment ?

Si certaines manifestations de la perfection peuvent être discréditées, défigurées, ou condamnées à parcourir la terre les fers aux pieds, le reste d'entre nous aura la sensation de vivre dans un monde moins difficile : un monde où les attentes sont plus raisonnables ; un monde où les mots « beauté » et « puissance » peuvent être appliqués à un ensemble plus vaste de femmes et d'hommes. Un monde où les éloges ne seront pas automatiquement accompagnés d'une volonté implicite de négliger certaines imperfections, certaines insuffisances.

Posez-vous la question. Si vous pouviez jeter un sort à cet athlète ridiculement beau et à ce mannequin de lingerie dont il est amoureux, ou aux couples de stars de cinéma dont les ADN combinés produiront inévitablement des enfants d'une espèce entièrement différente... le feriez-vous ? Leur aura de bonheur et de prospérité, leurs espérances infinies ne vous irritent-elles pas, ne serait-ce qu'un peu ? Ne vous font-elles pas enrager de temps en temps ?

Si tel n'est pas le cas, vous avez de la chance.

Mais, dans le cas contraire, il existe des incantations et des prières anciennes, il existe des paroles que l'on prononce à minuit, pendant certaines phases de la lune, au bord de lacs sans fond cachés au cœur des bois, dans des salles souterraines secrètes ou en un lieu quelconque où trois routes se croisent.

Pareilles malédictions sont étonnamment faciles à apprendre.

UN CYGNE SAUVAGE

En ville vit un prince dont le bras gauche ressemble à celui de n'importe quel homme et dont le droit est une aile de cygne.

Ses onze frères et lui furent transformés en cygnes par leur venimeuse belle-mère qui n'avait aucune intention d'élever les douze fils de la première femme de son mari (dont le visage blême, accablé de chagrin, vous fixait d'un œil terne d'un portrait à l'autre et que les grossesses successives avaient menée à la tombe avant son quarantième anniversaire). Douze garçons querelleurs et vantards ; douze individus fragiles et voraces ; douze jouvenceaux – tous présentés à la nouvelle reine comme une tâche dont elle devait s'acquitter quotidiennement. Faut-il la blâmer ? Vraiment ?

Elle transforma les garçons en cygnes et leur ordonna de prendre leur envol.

Problème résolu.

Elle épargna le treizième enfant, le plus jeune, parce que c'était une fille, mais ses fantasmes de belle-mère rêvant de confidences partagées ou de longues séances de shopping ne mirent pas longtemps à s'évaporer. Comment, après tout, une fille ne serait-elle pas revêche et agressive envers la femme qui avait changé ses frères en oiseaux ? Donc – après avoir montré une indulgence patiente face aux silences boudeurs, acheté quantité de robes de bal jamais portées –, la reine baissa les bras. La princesse habitait au château comme une parente pauvre, nourrie et logée, tolérée sans être aimée.

Les douze princes-cygnes vivaient sur un rocher loin en mer, et n'avaient le droit de revenir qu'une fois par an dans leur royaume, pour un seul jour – visite à la fois vivement attendue et embarrassante pour le roi et son épouse. Difficile de se réjouir toute une journée au milieu de douze fils jadis vigoureux et braves, seulement capables durant cet interlude annuel de trompeter, lisser leurs plumes et gober des insectes en battant des ailes dans la cour du château. Le roi feignait à grand-peine d'être heureux de les voir. La reine souffrait chaque fois d'une de ses migraines.

Les années passèrent. Puis enfin… à la longue…

Durant l'une des permissions annuelles des princes-cygnes, leur jeune sœur rompit le sort, après avoir appris d'une mendiante rencontrée en ramassant des baies dans la forêt que le seul remède connu à la métamorphose des cygnes était de confectionner des manteaux d'orties.

Seulement voilà. La jeune fille fut obligée de tricoter les manteaux en cachette, car ils devaient (selon la mendiante) non seulement être faits d'orties, mais d'orties ramassées dans des cimetières, à la tombée de la nuit. Si la princesse était surprise à ramasser des orties parmi les tombes après minuit, sa belle-mère l'accuserait certainement de sorcellerie et la ferait brûler avec le reste des ordures. La fille, pas folle, savait qu'elle ne pouvait compter sur son père, lequel nourrissait alors le désir secret (qu'il n'avouait à personne, pas même à lui-même) de se débarrasser de tous ses enfants.

La princesse se glissa donc la nuit dans des cimetières de la région pour y cueillir des orties, et passa ensuite ses journées à les tisser pour en faire des manteaux. Elle eut la chance, reconnaissons-le, que personne ne lui prêtât la moindre attention.

Elle avait presque achevé les douze manteaux quand l'archevêque local (à qui on ne demanda pas ce qu'il faisait tard dans la nuit au milieu d'un cimetière) la vit ramasser des orties et la fit arrêter. La reine se sentit confortée dans ses soupçons (c'était bien la même fille qui refusait de partager le moindre secret virginal, regardait avec une totale indifférence les souliers ravissants dignes d'être exposés dans un musée). Sans surprise, le roi accepta la sentence, espérant paraître énergique et résolu, un vrai roi, un roi tellement attaché à protéger son peuple des forces obscures qu'il consentait à l'exécution de sa propre fille, si elle devait assurer la sécurité de ses sujets, les protéger des malédictions, les mettre à l'abri des métamorphoses démoniaques.

Cependant, au moment où la princesse allait être attachée au poteau, ses frères-cygnes descendirent du ciel nébuleux, et elle jeta sur eux les manteaux d'orties. Soudain, dans un violent fracas, au milieu d'une aveuglante bourrasque, douze jeunes mâles, nus sous leurs manteaux, se dressèrent dans la cour, quelques plumes blanches égarées voletant autour d'eux.

En réalité…

… onze princes étaient parfaitement intacts et un, le douzième, avait retrouvé sa forme d'origine à l'exception d'un léger détail : son bras droit était resté une aile de cygne, car sa sœur, interrompue dans son travail, avait dû abandonner un manteau auquel il manquait une manche.

Cela semblait un prix plutôt raisonnable à payer.

Onze de ces jeunes gens se marièrent bientôt, eurent des enfants, entrèrent dans des organisations, donnèrent des réceptions qui firent la joie de tous, jusqu'aux souris dans les murs. Leur belle-mère humiliée, bruyamment mise en minorité, si peu maternelle, se retira dans un couvent, ce qui incita le roi à réécrire l'histoire à l'intention de ses fils métamorphosés : sa loyauté sans faille à leur égard et son impuissance devant sa harpie de femme, version que les garçons adoptèrent sans se faire prier.

Fin de l'histoire. « Heureux jusqu'à la fin des temps » : la formule leur tomba dessus comme la lame de la guillotine.

Sur tous ou presque.

Les choses furent moins aisées pour le douzième frère, celui à qui il restait une aile de cygne. Son père, ses oncles et tantes, les seigneurs et dames accueillirent avec déplaisir ce rappel constant d'avoir été confrontés à des éléments aussi sinistres, ou d'avoir adhéré sans détour à l'exécution de la princesse alors qu'elle travaillait à sauver ses frères.

À la cour du roi, on ne se priva pas de moquer le prince à l'aile de cygne, railleries que les onze frères intacts prenaient à la légère, soulignant qu'il s'agissait seulement de plaisanteries.

Les jeunes neveux et nièces, rejetons des onze frères, se cachaient chaque fois que le douzième entrait dans une pièce, et gloussaient derrière les méridiennes et les tapisseries. Les épouses de ses frères le suppliaient de rester tranquille pendant les repas (il gesticulait avec son aile quand il racontait une histoire drôle, et il avait un jour projeté un cuissot de chevreuil entier contre le mur opposé). Les chats du palais feulaient et prenaient la fuite dès qu'il s'approchait d'eux.

Il finit par rassembler quelques effets et partit dans le monde. Le monde, cependant, ne se révéla pas plus clément à son égard que ne l'avait été le palais. Ne lui furent proposés que des emplois mineurs. Il n'avait aucun talent valable (les princes n'en possèdent pas) et ne disposait que d'une main valide. De temps à autre une femme lui montrait de l'intérêt, mais il s'avérait vite qu'elle était brièvement la proie d'un fantasme de Léda ou, pire, espérait que son amour pourrait lui rendre son bras. Rien ne durait jamais. L'aile était une gêne dans le métro, impossible dans les taxis. Il fallait constamment vérifier qu'elle n'avait pas de parasites. Et à moins de la laver tous les jours, plume après plume, elle virait du satin crème d'une tulipe blanche à un gris pelucheux déprimant.

Il vivait avec son aile comme un autre aurait vécu avec un chien adopté à la SPA qui aurait été d'un naturel doux, mais neurasthénique et rebelle à tout dressage. Il ne pouvait s'empêcher d'aimer son aile. Il la trouvait aussi exaspérante, adorable, irritante, épuisante, désespérante. Elle l'embarrassait, non seulement parce qu'il n'arrivait pas à la garder plus propre, et qu'il lui était malaisé de franchir les portes et les tourniquets, mais encore parce qu'il omettait de la considérer comme un atout. Ce qui n'était pas si difficile à concevoir. Il pouvait chercher à se vendre comme une mutation fascinante, un jeune dieu affichant avec une arrogance sexuelle son aberration anatomique : quatre-vingt-dix pour cent de musculature masculine épanouie et dix pour cent d'aile d'ange d'une blancheur éblouissante.

« Mon petit, la caresse de ces plumes te transportera jusqu'à mi-chemin du paradis, et la partie humaine te fera parcourir le reste. »

Où donc, se demandait-il, se trouvait cette version de lui-même ? Sous l'effet de quelle pusillanimité devenait-il, une année après l'autre, de plus en plus voûté et bedonnant, une excuse ambulante ?

Pourquoi était-ce au-delà de ses forces de reprendre figure humaine, de se donner une contenance, de traîner d'un air insouciant dans les boîtes de nuit vêtu d'un costume en peau de lézard noire avec une manche coupée ?

« Oui, mon chou, c'est une aile. Il y a une part d'ange en moi, mais crois-moi, le reste est totalement diabolique. »

Il semblait incapable d'agir ainsi. Autant lui demander de courir un mile en trois minutes, ou de devenir un violoniste virtuose.

Il est toujours là. Il paie son loyer tant bien que mal. Il prend l'amour là où il le trouve. L'âge mûr venant, il est devenu sarcastique et allègre comme un homme aguerri, revenu de tout. Il a acquis au contact du monde un caractère désabusé. Il s'est rendu compte qu'il pouvait soit sombrer dans l'amertume, soit devenir un vieil imbécile avisé. Il est préférable, moins déprimant d'être le type qui comprend qu'on se moque de lui, et qui est le premier à rire quand vient la chute de l'histoire.

La plupart de ses frères au palais en sont à leur deuxième ou troisième femme. Leurs enfants, comblés et dorlotés toute leur existence, se montrent parfois difficiles. Les princes passent leurs journées à lancer des balles d'or dans des coupes d'argent, ou à empaler de petits papillons sur leurs épées. Le soir ils assistent aux spectacles que donnent les bouffons, jongleurs et acrobates.

La nuit, souvent, on rencontre le douzième frère dans un des bars des faubourgs de la ville, réservés à ceux qui ne sont qu'en partie guéris de leur malédiction, ou pas guéris du tout. Il y a la vieille de trois cents ans qui ne s'est pas montrée assez précise quand elle s'est adressée au poisson magique, et s'est retrouvée en pleurs, criant : « Non, attendez, je voulais dire vivre et rester éternellement *jeune* » à un océan soudainement vide. Il y a le crapaud couronné qui n'arrive à aimer aucune des femmes disposées à l'embrasser et à briser la malédiction. Il y a le prince qui a essayé des années durant de découvrir l'endroit où gît la princesse plongée dans le coma qu'il est censé réveiller en l'embrassant, et qui paraît à présent moins assidu à la chercher par monts et par vaux qu'à traîner dans les bars à raconter des histoires interminables sur la fille qui s'est enfuie.

Dans ces bars, un homme avec une seule aile de cygne fait figure de chanceux.

Sa vie, il le dit lui-même, n'est pas la pire de toutes. Peut-être est-ce suffisant. Peut-être ne doit-on pas désirer davantage – souhaiter simplement que la situation n'empire pas.

Certains soirs, après avoir titubé jusque chez lui, bourré (ces soirs ne sont pas rares), négocié les cinq étages qui mènent à son appartement, allumé la télévision et s'être écroulé inconscient sur le divan, il se réveille, plusieurs heures plus tard, alors que la première lueur de l'aube habille de gris les fentes des stores, avec sa seule gueule de bois pour compagnie, et découvre qu'il a replié son aile sur sa poitrine et son ventre ; ou plutôt (il sait que c'est impossible, et pourtant…) que l'aile s'est repliée seule, de son propre gré, sur lui, à la fois couverture et compagne, son énigmatique hôtesse, tout aussi implorante, fougueuse et embarrassante qu'un chien abandonné.

Redoutablement familière. Son fardeau, sa camarade.

LA VIEILLE FOLLE

C'est la solitude qui vous tue. Peut-être parce que vous vous attendiez à ce que la ruine survienne sous une forme plus grandiose et romantique.

Vous faisiez partie d'une bande qui, comme disait votre mère, n'avait pas froid aux yeux. Vous avez rejeté très tôt vos jupes écossaises de lycéenne, menti sur votre âge dans les tavernes à trois villes de là, encouragé les hommes qui s'y trouvaient à insérer d'abord leurs doigts puis autre chose dans tous les interstices de peau que vous pouviez leur offrir, dans des impasses obscures, les carrés de pelouse négligée qui passaient pour des parcs.

Vous avez expérimenté trois maris, et dit en riant à vos copines qu'à chaque mariage vous pensiez avoir touché le fond, pour découvrir alors seulement que l'ascenseur de l'amour desservait des niveaux inférieurs encore. Vous avez refusé d'en avoir un quatrième car vous-même vous deviniez l'échec inscrit dans ses projets d'avenir. Vous entendiez déjà les marmonnements accusateurs, macérés dans le gin, qui s'ensuivraient.

Après avoir remercié le quatrième candidat, vous vous êtes lancée dans une âpre et joviale carrière de débauche. Vous aviez alors la quarantaine. À cette époque, vos amies avaient toutes épousé des hommes respectables et peu à peu, avec le temps, trouvé de plus en plus de raisons de ne pas sortir prendre un verre avec vous. (« Désolée, mais je suis crevée à cause des enfants. J'adorerais, mais tu sais la tête que fait mon mari quand je rentre beurrée à la maison. »)

Vous en avez éprouvé, entre quarante et cinquante ans, une impression de victoire personnelle. Vous n'étiez pas en train de balayer des planchers mal rabotés tandis que votre mari restait assis en vous accusant d'être responsable de sa misérable existence, du boulot qui payait à peine le chauffage et l'électricité ; vous ne serriez pas un nourrisson contre un sein qui refusait chaque jour davantage de produire plus que quelques dés à coudre de lait. Votre solution pour prévenir votre corps de s'affaisser était de le comprimer dans des robes de plus en plus serrées, au point qu'à l'approche de la soixantaine il semblait que c'étaient ces robes qui vous tenaient droite sur les tabourets de bar ; que si on les ôtait, vous vous répandriez sur le sol où ne resterait, inerte, qu'une masse rosâtre de chair ayant trop servi.

Vous avez gardé cette dent gâtée comme un carré noir dans votre sourire désabusé. Vous avez teint vos cheveux : un orange clownesque, suivi d'un bordeaux presque violet, suivi d'un blond chauffé à blanc.

Vous étiez sans illusions. Vous croyiez ne pas avoir d'illusions. Vous pensiez à « House of the Rising Sun » – une fin de putain, lucide, avec encore quelques diamants fantaisie cousus çà et là. Vous vous imaginiez, le temps passant, confinée chez vous, dans une lascivité perversement revendiquée ; une réputation de folle chez les fanatiques, qui vénéraient les vertus ordinaires, comme si c'était la gloire incarnée. Vous attendiez les visites tard dans la nuit des jeunes mâles du coin (oui, vous pensiez aux fils de vos vieilles copines), avides de l'enseignement que vous fournissiez (« Mets ton doigt ici, juste ici, pince doucement, très doucement, je te promets qu'elle adorera ça »), des garçons reconnaissants pour les nuits d'extase que vous leur faisiez vivre et, plus touchant encore, des matins où ils se réveillaient, le visage enfoui dans vos seins, confus, intimidés, impatients de s'en aller, dans un mouvement que vous encouragiez (vous ne montriez aucune trace de regret, ne les pressiez jamais de rester). Pendant le bref moment où ils sautaient du lit pour ramasser chaussettes et sous-vêtements, vous leur certifiiez qu'ils étaient magnifiques, de vrais champions ; un cadeau en herbe pour une fille ou une autre à jamais reconnaissante de ce que vous leur aviez appris en une seule nuit.

Les garçons auraient un sourire nerveux de contentement en se rhabillant maladroitement. Ils sauraient la vérité quand on la leur dirait. Ils comprendraient : vous alimentiez la ville en maris compétents ; vous étiez une déesse (une déesse mineure, mais quand même) de la connaissance charnelle ; vous vous assuriez que les jeunes de la région sachent non seulement où se trouve le clitoris, mais quoi faire avec. Vous éduquiez, par procuration, une cohorte de jeunes femmes (certaines étaient peut-être au courant, peut-être venaient-elles parfois vous rendre visite ?) dont les nuits au lit avec leur mari compenseraient équitablement leurs journées de lessive et de repassage.

Cet avenir, cette vieillesse particulière vous fut pourtant refusée.

À cause, probablement, de l'accident (le problème d'allumage de la voiture, le cheval) qui vous laissa estropiée. À cause aussi de ce minuscule logement au-dessus de la blanchisserie (qui aurait pensé que les loyers allaient exploser de cette façon ?), où l'odeur de la mort-aux-rats et des produits de teinturerie empirait au milieu des nuages de parfum que vous répandiez. Quel garçon aurait accepté d'y venir ?

Et à cause aussi de la surprenante timidité des jeunes gens ; les petits princes intrépides dont vous aviez le souvenir du temps de votre jeunesse – ces garçons (des vieillards aujourd'hui, tout au moins ceux qui étaient encore en vie), pétris d'assurance, attendrissants dans leur arrogance malhabile, étaient semblait-il une espèce en voie de disparition. Ils avaient été remplacés par cette génération d'hommes-enfants déplorablement bien élevés, qui se contentaient visiblement d'apprendre ce qu'était une femme auprès de filles à peu près aussi ignorantes de leur corps que les garçons qui les tripotaient.

Finalement, vous vous êtes dit qu'à soixante-dix ans vous étiez encore jeune et vous vous êtes offert un bout de terrain. Il était situé à une distance considérable de la ville – qui pouvait encore s'offrir quelque chose même en banlieue ? Une fois l'affaire conclue, vous vous êtes plantée (aidée par la canne à laquelle vous avez du mal à vous habituer) devant votre modeste lopin de terre nue au milieu des bois, et avez décidé que votre maison serait faite de sucreries.

Vous avez étudié la question. Il était possible, en réalité, de fabriquer des briques – faites de sucre, de glycérine, de farine de maïs et de quelques toxines qu'il est préférable de ne pas mentionner – qui résisteraient à la pluie. Du pain d'épices, renforcé par une quantité suffisante de poudre de ciment, ferait l'affaire pour le toit.

Le reste, naturellement, demanderait un entretien régulier. Les fenêtres de sucre filé tiendraient un seul hiver, au maximum ; les linteaux et les appuis de fenêtre garnis à la poche pâtissière devraient être restaurés à chaque printemps, même si le glaçage était renforcé par de la super-glue. Les carrelages en sucettes, les sucres d'orge sur commande pour les balustrades et les rampes d'escalier étaient résistants, mais se décoloraient à la chaleur en été et devraient être remplacés. Quoi de plus déprimant qu'une vieille sucrerie ?

La maison, cependant, était charmante dans toute sa folle extravagance, avec ses couleurs criardes et ses effluves de sucre et de pain d'épices, posée au milieu d'une clairière ombragée à l'écart de toute route, même la plus rudimentaire.

Et vous avez attendu.

Vous aviez espéré – probablement une erreur de calcul – trouver davantage de curiosité chez la jeunesse locale, quel que soit son respect des règles de bonne conduite. Où étaient passés les charmants petits pique-niqueurs, les groupes de garçons à la recherche d'endroits retirés où ils pourraient (avec votre approbation) s'imbiber du whisky dont ils avaient besoin pour se réaliser pleinement ? Où étaient les jeunes amants en quête de refuges secrets au sein de la forêt qu'ils pourraient s'approprier ?

Le temps s'écoulait lentement. Vous n'aviez pas grand-chose à faire. Vous remplaciez le glaçage et les sucettes par seul besoin de vous occuper, et parce que (c'était un peu fou, mais vous ne déploriez pas le brin de folie qui subsistait en vous) vous vous demandiez si un degré supplémentaire – une odeur de biscuit plus pénétrante, un autre fabricant qui fournirait des bonbons avec des rayures et des volutes plus brillantes – changerait les choses.

À l'approche de vos quatre-vingts ans, vos seuls et uniques visiteurs ne furent pas exactement ceux que vous attendiez. Ils semblaient prometteurs quand, clignant des yeux d'un air surpris, ils émergèrent pour la première fois de derrière les arbres dans la petite clairière où se dressait votre maison.

Ils étaient attirants, la fille comme le garçon, avec leurs visages de renards faméliques – cette avidité inquiète que l'on voit parfois chez des gosses qui ont pris pas mal de coups. Ils étaient percés et tatoués. Et ils étaient, plus plaisant encore, affamés. Le garçon engloutissait du glaçage par poignées sans se soucier qu'il soit visiblement durci par la colle. La fille suçait voluptueusement une sucette écarlate (avec la lascivité caricaturale des filles formées par la pornographie plutôt que par l'expérience).

Le garçon dit, la bouche pleine de glaçage et de colle : « Salut, grand-mère, ça va comme vous voulez ? »

La fille se borna à sourire au garçon, la langue collée à la sucette, comme s'il était génial et divinement dangereux ; comme s'il était un rebelle et un héros.

Et à quoi vous attendiez-vous, exactement, de la part de ces jeunes psychopathes, de ces enfants battus, après qu'ils avaient dévoré la moitié de votre maison sans la moindre expression d'étonnement, ni même de simple politesse ? Étiez-vous surprise qu'ils saccagent les lieux, s'empiffrant en passant d'une pièce à l'autre, s'arrêtant ici et là pour rire des quelques bijoux qu'ils trouvaient (elle, votre collier de perles autour du cou : « Notre mère en avait un pareil, comment le trouvez-vous sur moi ? ») ou du vase que vous aviez hérité de votre grand-mère, dans lequel le garçon pissa longuement et bruyamment. N'était-ce pas prévisible de les entendre protester, à la fin, qu'il n'y avait rien à manger que des sucreries, qu'ils avaient besoin aussi d'un peu de protéines ?

Avez-vous été soulagée, même juste un peu, quand ils vous ont soulevée (vous pesiez une plume alors) et flanquée dans le four ? Cela vous a-t-il semblé inattendu, mais juste d'une certaine manière – satisfaisant, comme un destin finalement accompli –, qu'ils ferment violemment la porte sur vous ?

JACK ET LE GÉANT

Nous ne parlons pas ici d'un garçon intelligent. Ce n'est pas un gosse à qui vous pouvez vous fier pour emmener sa mère à sa séance de chimio, ou fermer les fenêtres quand il pleut.

Encore moins pour vendre la vache, quand sa mère et lui n'ont plus un rond, et que la vache est leur dernier capital.

Nous parlons d'un garçon qui n'a pas parcouru la moitié du trajet jusqu'à la ville chargé du dernier bien de sa mère qu'il a déjà vendu la vache à un inconnu pour une poignée de haricots. Le type prétend que ce sont des haricots magiques, ce qui suffit à Jack, semble-t-il. Il ne demande même pas quel genre de magie les haricots sont censés accomplir. Peut-être vont-ils se transformer en sept superbes épouses qui lui sont destinées. Peut-être prendront-ils la forme des sept péchés mortels qui le harcèleront comme des mouches jusqu'à la fin de son existence.

Jack ne doute pas. Jack n'est pas porté sur les questions. Jack est le garçon qui dit : « Waouh, mec, des haricots magiques, sans blague ? »

Il y a d'autres garçons comme Jack. Des garçons qui ont une préférence pour les promesses folles, les paris risqués, qui prétendent être des gagneurs-nés. Ils ont une idée géniale de scénario – ils ont simplement besoin, voyez-vous, que quelqu'un l'écrive pour eux. Ils font le DJ aux fêtes de leurs amis, persuadés que tôt ou tard le propriétaire d'une boîte va passer par là et les engager pour faire tournoyer les foules. Ils laissent tomber le lycée technique parce qu'ils comprennent, au bout d'un ou deux semestres, que c'est la voie directe pour le royaume des perdants – mieux vaut vivre dans la chambre de leur enfance, provisoirement sans emploi, jusqu'à ce que la gloire et la prospérité frappent à la porte.

La mère de Jack est-elle contrariée en le voyant entrer à grands pas dans la maison, tendre la main et lui montrer ce qu'il a obtenu en échange de la vache ? Elle l'est, bien sûr.

« Qu'ai-je fait, comment après tant de sacrifices, après tous les repas préparés à partir de presque rien, et dont je me suis moi-même privée, comment ai-je pu faire de toi un être aussi cynique et irresponsable, peux-tu s'il te plaît me l'expliquer ? »

Jack est-il déçu du manque d'imagination de sa mère, de son manque de courage face aux aléas de l'existence, de sa manie de toujours épargner, de son refus des produits de marque, qui ne l'ont menée nulle part ? Il l'est, naturellement.

« Écoute, maman. Regarde cette maison. Tu ne crois pas que ta religion de l'économie est un truc mortel ? Réfléchis. Depuis que papa est mort, pourquoi personne n'est venu nous voir ? Même pas cet affamé de Hank. Même pas ce simple d'esprit de Willie. »

Jack n'a nulle envie, nul besoin d'entendre la réponse qui tourne en boucle dans la tête de sa mère.

« J'ai mon beau garçon, je vois des épaules robustes penchées au-dessus du lavabo tous les matins. Pourquoi me soucierais-je de Hank avec ses dents jaunes, ou de ce bossu stupide de Willie ? »

Pourtant, son fils a vendu la vache pour une poignée de haricots. La mère de Jack les jette par la fenêtre et l'envoie au lit sans souper.

Les contes de fées sont en général des contes moraux. Dans la version plus sombre de celui-là, la mère et le fils meurent de faim.

On pourrait en tirer la leçon suivante : Mères, essayez de poser sur vos imbéciles de fils un regard réaliste, si charmants que puissent être leurs petits sourires sournois, si émouvante que soit leur crinière cuivrée. Si vous les idéalisez, si vous leur attribuez des qualités qui leur font visiblement défaut, si vous persistez à croire aveuglément que vous avez élevé un enfant raisonnable, qui vous viendra en aide dans votre grand âge… ne vous étonnez pas, le jour où vous tombez par terre dans la salle de bains, d'y passer la nuit parce qu'il est sorti boire avec des copains jusqu'à l'aube.

Mais ce n'est pas l'histoire de Jack et du haricot magique.

La morale de ce conte est : Faites confiance aux inconnus. Croyez en la magie.

Dans *Jack et le haricot magique*, l'inconnu n'a pas menti. Le lendemain matin, la fenêtre de la chambre de Jack est obscurcie par une plante luxuriante. Les feuilles ont la taille d'une poêle à frire, la tige est grosse comme le tronc d'un chêne. En tendant le cou pour regarder en l'air, Jack s'aperçoit que la tige du haricot s'élève si haut qu'elle disparaît dans les nuages.

Très bien. Investissez dans l'immobilier, dans une zone désertique où une autoroute va être construite sous peu. Associez-vous au lancement par votre oncle d'une nouvelle formule de rajeunissement révolutionnaire. Utilisez chaque semaine la moitié de l'argent des courses pour acheter des billets de loterie.

Quant à Jack, il ne pose pas de questions, il ne se demande pas si grimper en haut de la tige est vraiment la meilleure idée qui soit.

Au sommet de la tige, à la surface supérieure de la couche de nuages, il débouche devant un château gigantesque, posé sur la masse floconneuse de l'un d'eux. Le château est d'une blancheur éblouissante, soumis à un léger tremblement, comme s'il était fait d'une concentration de nuages, comme si un gros orage pouvait le réduire en une énorme flaque nacrée.

Jack, pour sa part, s'avance jusqu'à la porte titanesque, blanche comme de la neige. Qui, après tout, ne serait pas content de le voir ?

Avant même de pouvoir frapper, il entend son nom prononcé par une voix si douce qu'on dirait une simple bouffée de vent qui se serait entraînée à dire : « Jaaaack. »

Le vent se solidifie en une fille-nuage ; une jeune fille de brume.

Elle dit à Jack que le géant qui habite le château est l'homme qui a tué son père il y a des années. Qu'il aurait aussi bien pu tuer le petit Jack, mais que sa mère l'avait tant imploré, pressant le bébé contre son sein, que le géant avait épargné Jack, à condition que la mère ne révèle jamais la cause de la mort de son époux.

C'est peut-être pour cette raison que la mère de Jack l'a toujours traité comme s'il était un trésor vivant.

La fille-nuage dit à Jack que tous les biens du géant lui appartiennent de droit. Puis elle disparaît, aussi vite qu'une volute de fumée de cigarette.

Quant à Jack, fidèle à lui-même, il a déjà conclu que tout ce que possédait le géant – tout ce que chacun sur terre possède – lui appartient de droit. Et il n'a jamais vraiment cru cette histoire selon laquelle son père aurait attrapé la dysenterie durant un voyage d'affaires au Brésil.

Il frappe à la porte, qu'ouvre la femme du géant. Elle a peut-être été jolie jadis, mais il n'en subsiste aucune trace. Elle a le cheveu rare, son peignoir est maculé de taches. Elle a l'air rongée par les soucis, réplique de la mère de Jack, avec quinze mètres de plus.

Jack déclare qu'il a faim, qu'il vient d'un endroit où le monde ne parvient pas à vous nourrir.

La femme du géant, qui reçoit rarement des visiteurs de ce genre, est heureuse de voir ce bel homme-enfant miniature à sa porte. Elle l'invite à entrer, lui sert un petit déjeuner, tout en l'avertissant que si son mari rentre à la maison, il le mangera pour son petit déjeuner.

Jack s'attarde-t-il malgré tout ? Bien sûr. Le géant rentre-t-il chez lui à l'improviste ? Certainement.

Sa voix résonne dans l'immensité de l'entrée :

Fi fi fo fum
Je sens le sang d'un rosbif
Qu'il soit mort ou vif
J'aurai ses os à moudre pour faire mon pain.

La femme du géant cache Jack, croyez-le ou non, dans la marmite où son mari l'aurait fait cuire. Elle a à peine abaissé le couvercle que le géant pénètre dans la pièce d'un pas lourd.

Le géant est un mastodonte tonitruant, véhément, dangereux comme le sont ces malfrats qui hantent les bars, comme tout individu cocasse d'apparence (il porte un gilet de cuir et des collants) mais en réalité redoutable, tout simplement parce qu'il est assez stupide et ivre pour causer de sérieux dégâts ; parce qu'il est fermé à toute raison, parce que tuer un homme avec une queue de billard est pour lui une réponse valable à une remarque vaguement insultante.

La géante assure à son mari qu'il sent simplement le bœuf qu'elle a fait cuire pour son déjeuner.

Vraiment ?

Nous passons là, brièvement, au registre de la farce. Impossible d'emprunter un autre chemin.

LE GÉANT : Je connais l'odeur du bœuf. Je connais l'odeur du sang d'un Anglais.

LA GÉANTE : Eh bien, c'est une nouvelle sorte de bœuf. Il est aromatisé.

LE GÉANT : Quoi ?

LA GÉANTE : C'est tout nouveau. Tu peux aussi avoir du bœuf aux larmes de princesse ou du bœuf régal de la méchante reine.

Elle lui sert le bœuf. Un bœuf entier.

LE GÉANT : Hum. Pour moi, ça a le goût du bœuf ordinaire.

LA GÉANTE : Je n'en rachèterai probablement plus de cette sorte.

LE GÉANT : Il n'y a rien à redire au bœuf ordinaire.

LA GÉANTE : Mais un peu de variété, de temps à autre…

LE GÉANT : Tu te fais avoir trop facilement.

LA GÉANTE : Je sais. Personne ne le sait mieux que moi.

Après que le géant a mangé le bœuf, il ordonne à sa femme de lui apporter ses sacs d'or, afin de procéder à ses comptes quotidiens. C'est un rituel, une façon réconfortante de se rappeler qu'il est aussi riche aujourd'hui qu'il l'était la veille et l'avant-veille.

Une fois satisfait de savoir qu'il possède encore tout l'or qu'il a toujours eu, il pose sa tête de colosse sur le dessus de la table et sombre dans le genre de sommeil sonore auquel quiconque ayant mangé un bœuf aime à s'abandonner.

C'est l'occasion pour Jack de sortir de la marmite, de s'emparer des sacs d'or et de filer.

Et celle où la géante aurait pu redonner vie à son mariage. C'est le moment où elle aurait pu hurler : « Au voleur ! », et prétendre qu'elle n'avait jamais vu Jack auparavant.

Le soir, son mari et elle auraient pu s'attabler, hilares, chacun tenant au bout d'une pique un des testicules de Jack avant de le fourrer dans sa bouche. Ils auraient pu se dire : Ça suffit. C'est bien suffisant d'être riches, de vivre tous les deux sur un nuage ; de vieillir agréablement ensemble ; de n'avoir d'autre envie que ce que nous avons déjà.

Cependant, la femme du géant a l'air d'estimer que dévaliser son mari n'est pas une mauvaise initiative.

Nous connaissons tous des couples de ce genre. Des couples qui se sont fait la guerre pendant des dizaines d'années ; qui semblent croire que si finalement, un jour, l'un d'eux parvient à prouver que l'autre a tort – profondément tort, tort au fond de l'âme –, ils seront disculpés et libérés. Fournir les preuves, convaincre, peut absorber une vie entière.

Devenus riches (la mère de Jack a investi l'or en actions et dans l'immobilier), Jack et sa mère ne déménagent pas dans un meilleur quartier. Ils ne peuvent abandonner la tige du haricot. Ils se contentent de rénover. Sept cheminées, hautes pièces voûtées, piscines à l'intérieur et à l'extérieur.

Ils habitent toujours sous le même toit, la mère et le fils. Jack ne sort avec personne. Qui sait combien de filles et de garçons s'introduisent subrepticement la nuit par les portes vitrées coulissantes, après que la mère a sombré au fond de son lac secret, avec l'aide de l'Absolut et du Rivotril ?

Jack et sa mère ont la belle vie. Surtout si l'on songe que jusqu'à encore très récemment ils en étaient réduits à leur dernière vache.

Mais, comme chacun sait, ce n'est jamais assez. Quelle que soit notre fortune, on en veut toujours plus.

Jack et sa mère n'ont pas encore la carte American Express noire. Ils n'ont pas de jet privé. Ils ne possèdent pas d'île.

Et donc, Jack gravit à nouveau la tige du haricot. Il frappe pour la deuxième fois à l'imposante porte de nuages.

À nouveau, la géante vient ouvrir. Elle semble ne pas reconnaître Jack, et il est vrai qu'il ne porte plus sa tenue de gigolo au rabais – le pantalon étroit et la chemise en synthétique piqués au supermarché. Il est habillé en Marc Jacobs de la tête aux pieds, à présent. Il a une coupe de cheveux à trois cents dollars.

Pourtant. La géante croit-elle vraiment qu'il s'agit d'un autre garçon, mieux sapé, un garçon avec le même sourire sournois et les mêmes cheveux cuivrés, bien que mieux coupés ?

Il y a, enfin, cette envie bien connue de foutre en l'air son mariage, sans pour autant le rompre. Et il y a autre chose. L'attrait du jeune voleur qui vous dévalise, avant de redescendre de votre nuage. On peut aimer ce garçon d'un amour nostalgique et sans espoir. On peut aimer sa cupidité et son narcissisme, accepter chez lui ce qui dépasse vos capacités : l'insouciance, l'impudence, un culte de soi si intense qu'il touche au divin.

Le même scénario se rejoue. Cette fois, quand résonne plus tôt que prévu le *Fi fi fo fum* du crétin féroce de quinze mètres de haut, la géante cache Jack dans le four.

Pas besoin d'avoir fait des études supérieures pour comprendre qu'elle aime jouer avec l'idée de manger Jack.

Le deuxième échange entre le géant et la géante – celui où il renifle l'odeur du sang d'un Anglais et où elle lui assure que c'est seulement le jeune bœuf qu'elle lui a préparé pour le déjeuner – est trop absurde même pour une farce.

Imaginons alors un arrangement secret inconscient entre le mari et la femme. Il se doute qu'il se trame quelque chose. Il se doute qu'elle cache quelque chose ou quelqu'un. Imaginons qu'il préfère une femme capable de tromperie. Une femme qui a plus intéressant à offrir que les corvées ménagères et une maussade et soporifique fidélité.

Cette fois, après avoir liquidé le jeune bœuf, le géant demande qu'on lui apporte la poule qui pond des œufs d'or. Et un moment plus tard, la voici. Une poulette hors concours, aussi majestueuse et suffisante que peut l'être une poule. Elle se tient devant le géant, ses pattes bleuâtres fermement agrippées sur le dessus de table, et avec un *cot cot codec* triomphal, elle pond un nouvel œuf d'or.

Que le géant ramasse et examine. C'est l'œuf quotidien. Toujours le même. Le géant, toutefois, tient à vérifier son butin, comme il tient à sa sieste postprandiale, la tête posée sur la table, laissant échapper une haleine empestant le bœuf, répandant un lac de bave.

Une fois encore, Jack émerge (cette fois du four) et file avec la poule. Une fois encore, la géante le regarde dérober le bonheur et la fortune de son mari. Une fois encore, elle admire la cupidité de Jack, un escroc de seconde zone vêtu à présent d'un jean à deux cents dollars. Elle envie sa rapacité, son avidité. Elle qui s'est laissée aller, qui prépare les repas et fait la vaisselle, et erre, sans but particulier, de pièce en pièce. Elle qui se contente étrangement de la présence d'un être avare, sans cœur et indifférent.

Sommes-nous surpris d'apprendre qu'un an plus tard environ Jack escalade à nouveau le haricot géant ?

À présent, sa mère et lui n'ont plus rien à acheter. Ils ont la voiture avec chauffeur, ils ont l'avion privé, ils possèdent cette belle île déserte, dans les Petites Antilles, où ils ont fait construire une maison avec du personnel à l'année attendant leur seule visite annuelle.

Mais nous en voulons toujours davantage. Certains d'entre nous en veulent plus que d'autres, c'est vrai, mais nous voulons toujours plus de… quelque chose. Plus d'amour, plus de jeunesse, plus de…

À sa troisième visite, Jack décide de ne pas prendre de risques avec la géante. Cette fois, il se faufile par la porte de derrière.

Il trouve le géant et la géante inchangés, bien qu'ils aient dû visiblement se restreindre, après avoir perdu leur or et leur poule magique. Le château s'est un peu détérioré – le ciel perce à travers les fentes dans les murs de nuages. Le repas quotidien d'un animal entier se réduit souvent à une antilope ou un bouquetin tendineux et âcre, et non plus au bœuf tendre engraissé à la ferme qu'ils engloutissaient au temps de leur jeunesse.

Mais les habitudes résistent au changement. Le géant dévore sa créature, recrache les cornes et les sabots et demande le dernier trésor qui lui reste, une harpe magique.

La harpe est une merveille d'un tout autre ordre. Qui en connaît la valeur marchande ? Ce n'est rien d'aussi élémentaire que des pièces ou des œufs d'or. Elle aussi est en or, mais sa valeur n'est pas uniquement matérielle.

C'est une harpe comme n'importe quelle harpe – cordes, crosse, console, chevilles –, mais son chapiteau représente une tête de femme, un peu plus petite qu'une pomme, plus grave que belle, plus Athéna que Vénus de Botticelli. Et elle peut jouer toute seule.

Le géant ordonne à la harpe de jouer. La harpe s'exécute. Elle joue un air inconnu de la terre en bas ; une mélodie qui émane des nuages et des étoiles, une musique de mouvements célestes, la musique des sphères, que des compositeurs comme Bach et Chopin ont approchée, mais qui, de nature éthérée, ne peut être reproduite par des instruments de cuivre ou de bois, ne peut jaillir du souffle ou des doigts des hommes.

La harpe accompagne le géant dans son sommeil. Comme tous les jours, la table tremble avec un bruit sourd au contact de la tête gargantuesque.

Que doit penser la géante, au moment où Jack se glisse dans la pièce et s'empare de la harpe ? Encore ? Tu n'es pas sérieux. Tu veux donc le dernier de nos trésors ?

Est-elle consternée, ou soulagée, ou les deux à la fois ? Ressent-elle une sorte d'extase à la pensée de tout perdre ? Ou en a-t-elle assez ? Va-t-elle, enfin, mettre un terme à la rapacité de Jack ?

Nous ne le saurons jamais. Parce que c'est la harpe, non la géante, qui finalement proteste. Comme Jack se dirige vers la porte, la harpe s'écrie : « Maître, à l'aide. Quelqu'un me vole ! »

Le géant se réveille, regarde autour de lui, hésitant. Il était en plein rêve. Lui vole-t-on sa vie, sa cuisine, sa femme hagarde et ronchonne ?

Le temps qu'il se lève et s'élance à la poursuite de Jack, celui-ci a déjà franchi le champ de nuages et atteint le sommet de la tige de haricot,

tenant fermement la harpe qui continue à crier au secours.

Une course s'ensuit pour descendre le long de la tige. Jack est gêné par la harpe – il ne peut se retenir que d'une seule main –, mais le géant a encore plus de problèmes car la tige est trop mince et instable pour sa corpulence, comme la corde à laquelle il était obligé de grimper en classe de gymnastique quand il était un garçon pleurnichard et solitaire.

Lorsqu'il s'approche du sol, Jack appelle sa mère pour qu'elle lui apporte une hache. Il a de la chance – elle est à peu près sobre, aujourd'hui. Elle se précipite armée d'une hache. Jack sectionne la tige de haricot alors que le géant est encore tout en haut, tel un faucon décrivant des cercles à l'affût de lapins.

La tige de haricot s'abat tel un séquoia. L'ogre s'écrase au sol si violemment que son corps perce la surface, s'incruste à trois mètres de profondeur, creusant un gouffre en forme de géant au milieu d'un champ de maïs.

C'est un bienfait du ciel, en quelque sorte. Que lui serait-il resté, en fin de compte, après la perte de son or, de sa poule et de sa harpe ?

Jack a fait combler le trou colossal, recouvert en entier le corps du géant, et, en un rare mouvement de piété, il a fait planter un bosquet de lilas sur la dernière demeure de l'ogre. Si vous regardez le bosquet d'en haut, vous verrez qu'il a la forme d'un homme énorme, bras et jambes écartés ; un homme immobilisé dans une attitude de reddition étrangement voluptueuse.

Jack et sa mère prospèrent. Jack, dans un de ses rares moments d'introspection, se remémore ce que la fille-nuage lui a dit, des années auparavant. Le géant a commis un crime. Jack a toujours eu droit, depuis sa petite enfance, à tous ses biens. Cela apaise le début de mauvaise conscience qui s'est vaguement emparé de lui à mesure qu'il vieillit.

La mère de Jack s'est mise à collectionner les sacs à main (elle est particulièrement fière de son sac Murakami Fleur de Cerisier édition limitée de Louis Vuitton) et à retrouver ses copines pour des déjeuners qui durent jusqu'à quatre ou cinq heures de l'après-midi. Parfois, Jack se paie des filles ou des garçons dans des villes voisines, parfois il les loue, mais il s'arrange toujours pour qu'ils arrivent tard le soir, discrètement. Il n'est pas, nous le savons, le plus brillant des garçons, mais il est assez malin pour savoir que seule sa mère l'adorera à jamais d'un amour inconditionnel ; que si l'une des filles ou l'un des garçons s'avisait de s'installer surviendraient bientôt de mystérieuses crises de frustration, un flot de critiques.

La poule, qui ne s'intéresse qu'aux œufs qu'elle pond, en dépose un en or par jour, heureuse dans son poulailler de béton où un garde la surveille vingt-quatre heures sur vingt-quatre, les tentatives de Jack pour éliminer tous les renards du coin s'étant révélées infructueuses.

Seule la harpe se montre récalcitrante et chagrine. Seule la harpe regarde tristement par la fenêtre de la chambre qu'elle occupe, une fenêtre qui donne sur le bosquet de lilas planté au-dessus du corps enfoui du géant. La harpe, depuis longtemps muette, rêve du temps où elle vivait sur un nuage et jouait une musique trop belle pour que quiconque, hormis le géant, puisse l'entendre.

EMPOISONNÉE

Tu étais d'accord, la nuit dernière.

Et cette nuit, je ne suis pas sûre de l'être.

Pour quelle raison exactement ?

C'est bizarre. Tu ne trouves pas que c'est un peu bizarre au fond ? Et j'en ai, eh bien, j'en ai marre.

Quand exactement as-tu changé d'avis ?

Je n'ai pas changé. Bon, écoute, j'en ai marre de faire semblant de ne pas en avoir marre.

C'est à cause de cette blague à propos d'une pomme, aujourd'hui au marché ? C'est ça qui t'a agacée ?

Bien sûr que non. Tu crois que je ne suis pas habituée aux blagues sur les pommes, maintenant ?

Tu m'as toujours dit que ça te plaisait. Alors, tu mentais ?

Non. Enfin, pas exactement. Je suppose que ça me plaisait parce que tu aimais tellement ça. Mais ce soir, je n'en ai pas vraiment envie.

C'est quand même un peu humiliant, tu ne trouves pas ? Pour moi, en tout cas.

Non. Je l'ai fait parce que je t'aime. Quand tu aimes quelqu'un, tu es heureux de le rendre heureux.

Même si tu trouves ça bizarre. Même si tu trouves ça dégoûtant.

Je n'ai pas dit « dégoûtant ». « Bizarre » et « dégoûtant » ne sont pas synonymes.

Tu n'en avais pas assez de le faire pour les gnomes.

Ce n'étaient pas des gnomes. C'étaient des *nains*. Je ne sais pas pourquoi tu refuses de comprendre la différence.

Désolé. Je suis désolé. Je transfère mes émotions.

Tu as piqué cette phrase à ton psy, sais-tu seulement ce qu'elle signifie ?

Je suis désolé à propos des *nains*. Je sais que tu les aimais.

Ou que j'aimais qu'ils m'aiment ; je n'en ai jamais été vraiment certaine.

Tu crois que nous devrions les avoir à nouveau ?

C'était donc si drôle, la dernière fois ?

Je ne dirais pas que ce n'était pas drôle. Tu crois que ça l'était ?

Il fallait les soulever ou les installer dans nos fauteuils. Nos cuillères avaient la taille d'une pelle pour eux. Tu as oublié ?

J'essayais d'être gentil. J'essayais d'être accueillant. Je leur ai volé l'amour de leur maudite existence. Ma position, cette nuit-là, t'a-t-elle paru facile ?

Non. Tu essayais d'être généreux avec eux. Je le sais. Oui.

Bon. Dix minutes. Juste dix minutes, d'accord ?

C'est vraiment important pour toi, n'est-ce pas ?

Je t'en prie, pas de condescendance.

Pourrais-tu me préciser ce que je pourrais dire sans t'offenser ?

C'est important pour moi. D'accord, bon, je suis un peu embarrassé que ce soit important pour moi. Mais quand même.

Dis-moi quelque chose que tu aimes chez moi.

Allons.

Sois précis.

Bon. J'aime ce truc que tu fais avec ta bouche, quand tu es concentrée. Ce petit pincement, comme si tu te mordais à moitié la lèvre, mais pas exactement, juste… un pincement, c'est totalement involontaire, c'est tellement toi.

Autre chose.

J'aime quand je me réveille avant toi, et qu'en te réveillant ensuite tu as cette expression de

pur étonnement un peu craintif, comme si tu n'arrivais pas à croire tout à fait que tu étais… là où tu es. Ça me fout en l'air. Ça me fait bander, une de ces érections matinales.

D'accord. Dix minutes.

Tu veux bien ?

Ça t'ennuie que j'aime te rendre heureux ?

Dix minutes, alors.

Hé, j'irai jusqu'à douze. Pour toi.

Je t'adore.

Fais attention avec le couvercle, hein ?

Est-ce que je ne fais pas toujours attention avec le couvercle ?

Si. Franchement, je ne sais pas pourquoi j'ai dit ça.

Ça va ? C'est confortable ?

Oui. C'est confortable.

Tu crois…

Quoi ?

J'ai l'impression d'être un emmerdeur, maintenant.

Dis-moi quand même.

Tu crois que tu pourrais croiser les mains juste un peu plus bas ? Un peu plus au-dessus de tes seins ?

Mmm.

Ouais. Parfait. Tu es si totalement, absolument parfaite.

Je ferme les yeux, maintenant. J'entre dans un état second.

Mon Dieu, tu es si belle.

J'aimerais parfois pouvoir t'observer. En train de m'observer.

Moi aussi, j'aimerais. Mais ça ne…

Naturellement.

Regarde ta peau. Tes lèvres. Les pétales de tes paupières.

Je vais cesser de parler, maintenant. Tu peux abaisser le couvercle.

Je suis l'homme le plus heureux du monde.

Je ne parle plus. J'entre dans la zone.

Douze minutes chrono. Promis.

Chut.

Douze minutes exactement. Promis. Merci de faire ça, je sais que tu ne parles plus. Mais bon, merci. C'est important pour moi, vraiment. D'accord. Douze minutes et je t'en donne un. Ensuite nous pourrons nous faire livrer de quoi manger, d'accord ? Ou nous pourrons sortir, faire ce que tu veux. Nous pourrons aller voir un film. Mais merci pour ces douze minutes. À te regarder. Endormie comme dans la mort. Avant même que j'existe. Pour toi. Quand j'étais, enfin, c'est ce que j'imagine, quand j'étais un de tes rêves, quand j'étais une prémonition, une illusion, quand j'étais parfait parce que je n'existais pas, quand j'étais une pure possibilité et, j'espère vraiment que ce n'est pas bizarre, quand tu étais immaculée, tellement étrange, la plus parfaite et belle créature que j'aie jamais vue. Je veux dire, avant que je soulève le couvercle et que je t'embrasse.

UNE PATTE DE SINGE

Prenez les White, une famille modeste mais heureuse. Une famille plutôt heureuse. Ils ne sont que trois : la mère, le père et le fils. Le fils travaille à l'usine du coin. S'il s'irrite de devoir entretenir ses parents ; s'il déplore ses nuits sans amour ou s'étonne de passer sa jeunesse sans faire la fête ni commettre de petits larcins ; s'il s'inquiète de certaines affections prématurées dues à sa pénible activité (ce genou faible, le point douloureux à la base de sa colonne vertébrale) à l'âge de vingt-deux ans, il n'en fait jamais état. Il n'est pas né dans un endroit ou à une époque où les fils quittent leurs parents en les embrassant, reprochent gentiment à leur mère d'éponger leurs larmes et partent vivre leur vie.

Ils habitent un cottage qui n'a rien du style d'habitation proprette au toit de chaume que le mot « cottage » évoque en général. Le leur s'affaisse dans une solitude boueuse battue par les vents. Les White n'ont pas eu beaucoup de possibilités en matière de choix.

Et pourtant, ils ne se disputent pas. Ils acceptent sans acrimonie les insuffisances matérielles. Ces quartiers exigus et humides, cette route boueuse impraticable la moitié de l'année, ils s'y résignent comme à l'inévitable et se consolent en se disant vaguement que cela pourrait être pire (bien qu'il soit difficile de dire ce que « pire » pourrait signifier). Aucun d'eux ne laisse échapper : « Pourquoi t'ai-je laissé m'emmener ici ? » ou : « Quand tu mourras, je pourrai enfin me tirer. »

Le visiteur qui arrive un soir par un temps de chien n'est pas un étranger ; ou pas tout à fait un étranger, bien qu'il soit étrange en réalité. C'est un vieil ami de M. White, un homme qui, quand il était jeune, avait (plus que M. White) des penchants violents et rebelles. Comme certains garçons prompts à s'attirer des ennuis, il avait fini par s'engager dans l'armée. Il avait participé à des opérations militaires pendant plus de deux décennies, le plus récemment en Inde. Il avait passé les vingt dernières années casqué, taciturne, défenseur de l'Empire, dans des royaumes de superstition, de bienfaits et de fléaux, d'actes de magie noire en général simulés mais qui peuvent s'avérer, à l'occasion, pas vraiment réels, mais… pas tout à fait feints non plus.

Le visiteur apporte un cadeau, la patte blessée d'un singe dont il affirme qu'elle a le pouvoir d'exaucer trois souhaits.

Les White ne savent comment accueillir ce présent particulier. Ils pourraient formuler trois souhaits – un seul serait d'être démesurément riches. Mais, franchement, cette horrible petite chose ratatinée, ces doigts morts brun-noir recroquevillés sur eux-mêmes ? On dirait que le vieil ami de M. White a perdu l'esprit, chose assez courante chez les hommes qui ont vécu longtemps dans des lieux insolites et lointains.

Pourtant, il serait impoli de refuser. N'est-ce pas ?

M. White prend la patte dans sa main, et il s'étonne et s'effraie de la sentir se contracter, même très légèrement, au contact de la chair de sa propre paume.

Mais, sans lui laisser le temps de protester, le visiteur la lui reprend brusquement. Il dit, d'une voix tremblante, qu'il allait commettre un crime. Incapable de se débarrasser de la patte, il avait pensé s'en libérer en la donnant à une pauvre famille innocente…

Les White le regardent sans piper mot. Que dire ?

Le visiteur leur avoue qu'il maudit le jour où il a posé ses yeux las sur la patte de singe.

En un geste de fureur, il la jette résolument dans la cheminée.

M. White l'en retire aussitôt en se brûlant les doigts. Il est embarrassé pour son ami. Il lui assure qu'un cadeau est un cadeau. Dit qu'il a toujours été attiré par les objets exotiques et qu'il en existe peu dans son voisinage.

Le visiteur, hâve et terrifié tel un rat musqué pris dans un piège, se dirige en trébuchant vers la porte. Avant de partir, il avertit les White de ne pas invoquer les pouvoirs de la patte et les implore, s'ils s'y trouvaient enclins, de restreindre leurs requêtes aux désirs les plus raisonnables.

Puis il franchit la porte et la pluie l'engloutit dans la nuit.

La mère et le fils rendent aussitôt leur verdict. Ils partent d'un éclat de rire.

« Des souhaits raisonnables ? S'il vous plaît, envoyez-nous une nouvelle pelle à poussière ? Faites, si vous le voulez bien, que nous ayons moins de cancrelats dans le cellier ? »

M. White reste silencieux. Il referme la porte, derrière laquelle la pluie se déchaîne comme un essaim de frelons.

Il jurerait qu'il a senti l'étreinte de la patte de singe quand il l'a eue dans la main. Pourtant il la tient à nouveau et elle est inerte comme la mort.

M. White ne peut qu'étouffer une protestation pour justifier le pauvre homme. « Il a subi trop de choses bizarres, tu ne nous connaissais pas quand nous étions mômes… »

Mme White lui arrache la patte, marmonne une incantation de son invention, et dit : « Je voudrais… »

Elle s'interrompt. Elle déclare qu'elle n'a aucun souhait à formuler (elle qui lave la vaisselle dans une vieille bassine en fer, qui fait de son mieux pour allumer un feu avec des bûches trempées).

« Je voudrais deux cents livres », finit-elle par dire. Deux cents livres, c'est la somme encore due pour être propriétaire du cottage. Avec deux cents livres, ce sombre repaire d'humidité, cette sinistre masure basse de plafond serait à eux.

Difficile d'imaginer souhait plus raisonnable.

Il ne se passe rien. Aucune liasse de billets n'apparaît dans le sucrier, aucune pièce de monnaie ne dégringole dans le conduit de la cheminée.

Ils vont se coucher.

Lorsqu'ils sont tous les deux blottis sous la courtepointe, elle ne se demande pas, même quand le sommeil la gagne, pourquoi elle a épousé un homme qui l'a emmenée, après leur modeste mariage de villageois, dans un endroit pareil. (Aurait-elle dû le deviner, quand il est apparu à la cérémonie dans le costume de son père qui sentait la naphtaline, quand il a dit d'un ton obstiné qu'une voiture était une dépense superflue ?) M. White, insomniaque chronique, ne s'interroge pas tandis qu'il se tourne et se retourne, essayant de trouver une position propice au sommeil, sur le choix d'une épouse qui manque tellement d'ambition ou de confiance. Il ne se demande pas pourquoi la pleine propriété de cette masure a bien pu lui traverser l'esprit, même pour rire.

Le lendemain matin, le fils part travailler. Tard dans l'après-midi, un représentant de l'usine vient informer M. et Mme White qu'un accident est survenu. Leur fils a été happé par sa machine, comme s'il était la matière première d'un produit fait de lambeaux de chair, de fragments d'os et de tendons déchirés, de flots de sang qui virent rapidement, devant les yeux des autres ouvriers, du rouge au noir.

L'homme affiche une compassion appropriée, professionnelle. Il sait qu'il n'existe aucune compensation pour pareille perte. Toutefois, les propriétaires de l'usine tiennent à respecter la coutume de dédommager les familles des hommes qui sont, parfois, pris par les machines. Dieu sait combien c'est peu, mais la compagnie est prête à offrir la somme suivante aux parents du garçon…

Inutile, bien sûr, que je vous la précise.

Pas plus que vous n'avez besoin que je vous raconte – certainement pas en détail – ce qu'a fait la mère dévorée par le chagrin qui avait émis ce vœu au début ; comment, tard dans la nuit – plusieurs jours après que les restes de son fils ont été enfermés dans la caisse (il n'y a eu aucune exposition du corps), après que le cercueil a été enseveli dans le cimetière envahi par les herbes –, elle prend la patte de singe et crie, dans le salon désert, dans la pluie qui tombe au-dehors : « Ramène-le ! »

Rien.

Il ne se passe rien sur le moment.

Plusieurs heures se sont écoulées lorsque les White, après s'être couchés, entendent un bruit de pas à l'extérieur. Il ne leur faut qu'un moment pour s'apercevoir que les pas ont une lenteur mesurée, un aspect traînant, comme si chacun d'eux ne consistait pas à soulever du sol la semelle d'une botte mais devait être péniblement, difficilement gagné en glissant dans la boue, avant que le suivant puisse être franchi.

Tous les deux le comprennent au même instant. C'est une longue marche depuis le cimetière.

Mme White se précipite en bas de l'escalier étroit, M. White à sa suite.

« Il est revenu ! » annonce-t-elle.

Il fait un effort sur lui-même pour répondre : « Il est revenu ! »

Le corps déchiqueté, la créature faite aujourd'hui d'os broyés, avec un masque de chair meurtrie en guise de visage (la créature qui avait jadis trotté en riant après une balle de caoutchouc, qui patinait gaiement sur l'étang avec ses amis), est de retour. En ce moment même, elle fait grincer la grille du jardin.

Elle a été invoquée. Elle reconnaît encore la lumière à la fenêtre.

Tandis que Mme White se hâte en trébuchant pour déverrouiller la porte, M. White saisit la patte de singe. Il se prépare à crier : « Fais qu'il s'en aille ! »

Pourtant il se tait. Il sait ce qu'il devrait faire. Mais il ne supporte pas que sa femme puisse ouvrir la porte et ne rien trouver que le vent à l'extérieur. Il n'est pas sûr qu'il survivrait au chagrin et à la rage qu'elle dirigerait contre lui en se retournant depuis le seuil de la porte désert.

Alors M. White se tient au milieu de la pièce, serrant la patte de singe dans sa main, tandis que sa femme ouvre brusquement la porte et qu'ils contemplent tous les deux ce qui se tient devant eux et attend qu'on l'invite à entrer.

Ils vivent ensemble maintenant, tous les trois, depuis plus d'un an. Durant le jour, la créature se vautre dans le fauteuil rembourré, auprès de la flamme vacillante qui jaillit à grand-peine des bûches humides du foyer. Quand vient la nuit, elle se hisse sans un mot à l'étage, marchant d'un pas lourd, et reste dans sa chambre (personne ne peut dire si elle dort) jusqu'au lendemain matin, où elle reprend sa place près de l'âtre.

Pourtant c'est leur enfant. Ce qui en reste. Les White ont recouvert les murs du salon de toutes les vieilles photos en leur possession : leur petit garçon en combinaison de ski, souriant dans un tourbillon de neige ; l'adolescent à l'air sombre avec un nœud papillon posant pour le photographe de l'école ; leur fils souriant nerveusement à côté de la fille de mauvaise réputation (cette lourdaude, sournoise et vicieuse, qui est aujourd'hui la femme ivrogne du boucher de la ville) avec laquelle il est allé à son premier bal.

Les White font brûler de l'encens pour dissimuler l'odeur. Au printemps, ils remplissent la maison de lilas et de roses.

Monsieur et madame arrangent du mieux qu'ils peuvent une version de leurs jours passés. Ils plaisantent et évoquent les souvenirs. Mme White prépare un ragoût de mouton tous les vendredis, bien que la créature n'ait plus envie, ni besoin, de manger.

En général, la créature regarde d'un œil vague le misérable feu, mais de temps en temps, quand l'un ou l'autre engage la conversation, quand mère ou père demande si elle désire un autre oreiller, si elle se souvient de ce voyage qu'ils ont fait ensemble, il y a des années, jusqu'à ce lac dans les montagnes, elle lève ce qui reste de sa tête et pose doucement sur eux son seul œil d'une opaque opalescence, avec une expression où perce plus de désarroi que de colère. Quel crime a-t-elle commis ? Ses geôliers sont plutôt gentils, ils font de leur mieux pour lui offrir du confort, mais pourquoi la gardent-ils ici, qu'a-t-elle fait exactement de si répréhensible ?

Les jours se transforment en nuits, et les nuits en jours. Rien ne change, ni à l'intérieur de la maison ni au-dehors, où le ciel gris et les branches nues des arbres mêlent leurs reflets dans les flaques sur la route.

L'effort requis pour continuer dans cette vie bouleversée se fait pourtant sentir. Le soir, il arrive parfois à Mme White de songer à ce qu'est devenu Tom Barkin, l'homme qu'elle aurait pu épouser, et le fait que les mots « aurait pu épouser » signifient seulement qu'elle était (comme M. White le fait remarquer) l'une des douze filles avec lesquelles Tom Barkin a flirté sans vergogne semble renforcer, plutôt qu'ébranler, sa certitude d'avoir renoncé à une possibilité. M. White finit par lui dire qu'il n'aime pas, n'a jamais aimé sa manie de siffler en s'activant, mais il trouve à la réflexion que sa silencieuse résignation est pire que le sifflement. Il ne se prive plus de faire des commentaires lorsque le bacon n'est pas assez cuit. S'il se lave moins fréquemment, ce n'est plus pour certifier qu'il y a quelque chose d'agréable dans l'odeur naturelle d'un homme. Et c'est plus souvent avec un ennui non dissimulé que Mme White l'écoute raconter ses histoires.

La créature, assise, l'œil fixé sur les bûches qui se consument en fumant, semble ne rien remarquer.

M. et Mme White se souviennent. C'est toujours leur fils. Ils restent auprès de lui, comme ils le doivent. Ils ont ça, au moins, en guise de courage. Ils l'ont mis au monde non pas une fois, mais deux.

Et donc, le feu est toujours entretenu. Le ragoût est toujours préparé le vendredi. Le visiteur occasionnel éconduit – les White sont, disent-ils, simplement trop occupés ces temps-ci pour recevoir. Il est des moments, toutefois, où Mme White imagine que la vie serait plus facile si M. White devait mourir de son insuffisance cardiaque et la laisser dans la situation plus simple du veuvage, où personne ne prête attention à un sifflement ou à la cuisson du bacon ; où l'odeur âcre de la sueur de M. White se dissiperait ; où on ne lui demanderait pas de feindre d'être amusée par la même histoire racontée pour la énième fois. Il y a des moments où M. White imagine que sa femme part avec Tom Barkin, qui est vieux maintenant, qui a perdu la moitié de ses dents, qui flirte encore avec des filles même si elles ont un mouvement de recul horrifié. Elle serait une femme adultère, et personne ne le blâmerait de garder un comportement résolument enjoué dans sa solitude. Il serait une personne digne de compassion. Une connaissance ou deux pourraient même avancer l'idée longtemps tue que, comme chacun au village en convient, M. White méritait franchement mieux. Et il y a quelques jeunes veuves du coin qui ne sont manifestement pas le genre de femmes à être rebutées par une odeur d'homme, ou à ne pas apprécier une histoire provocante bien racontée.

Ce serait plus facile, semble-t-il, s'ils étaient un peu moins nombreux dans le coin.

Les White, tous les trois, savent exactement où se trouve la patte de singe – sur l'étagère du haut de l'armoire, à côté du bol fêlé. Ils savent, ils savent toujours, tous les trois, qu'il reste encore un souhait à exaucer.

PETIT HOMME

Et si vous aviez un enfant ?

Si vous aviez un enfant, vous auriez davantage à faire qu'affronter les périodes de pointe des vacances et vous demander si Mme Witters des Comptes créditeurs va finir par perdre la tête un jour ou l'autre. Vous auriez à vous préoccuper de chaussons, de jouets accrochés au bout d'une ficelle et de rendez-vous chez le dentiste ; il vous faudrait faire des versements sur un compte épargne pour ses études à l'université.

La maison sans prétention que vous regagnez tous les soirs ? Ce serait la future maison des rêves de quelqu'un. L'endroit – des décennies plus tard – dont quelqu'un se souviendrait à jamais, un lieu de réconfort et de quiétude, dont les pièces seraient magnifiées, glorifiées par le souvenir. Ce canapé, ces lampes achetées à la hâte, que vous jugez suffisantes aujourd'hui (il semble qu'elles soient toujours là, des années plus tard), deviendraient légendaires aux yeux d'un autre.

Imaginez que vous en êtes au point où vous désirez un enfant plus que tout ce que vous avez jamais désiré.

Avoir un enfant, toutefois, n'est pas du même ordre que commander une pizza. D'autant plus si vous êtes un être difforme, presque nain, dont l'activité, au cas où vous seriez forcé de la citer, serait… Comment vous définiriez-vous ? Un lutin ? Un farfadet ? Les agences d'adoption montrent une certaine réticence envers les médecins et les avocats, s'ils sont célibataires et ont plus de quarante ans. Alors allez-y. Demandez à adopter un bébé si vous êtes un gnome vieux de deux siècles.

Cela vous rend fou – vous tentez de vous raisonner, c'est plus facile certaines nuits que d'autres – que, pour la majorité de la population, les enfants arrivent… simplement comme ça. Bing bang boom. Un seul acte d'amour, et neuf mois plus tard, l'éclosion, aussi saugrenue et irréfléchie que celle d'un crocus jaillissant d'un bulbe.

C'est une chose d'envier la richesse et la beauté, et tous ces autres dons qui semblent avoir été dispensés à certains, mais pas à vous, par d'obscurs mais irréfutables donateurs.

C'est totalement différent de désirer ce qui est à la portée du pochard et de la barmaid qui s'accouplent pendant trois minutes dans un coin obscur d'un pub humide et sordide.

Vous écoutez attentivement, donc, quand la rumeur vous parvient. Un meunier dans la dèche, un homme dont l'affaire périclite (les petits meuniers, ceux qui moulent à la main, sont en train de disparaître ; leur farine de blé et de maïs coûte deux fois plus cher que celle que les grandes sociétés débitent en quantité, et les produits de marque sont dépourvus des impuretés qu'on trouve dans les sacs de farine, quelles que soient les précautions prises) ; un homme qui n'a ni assurance-vie ni placement, qui n'a pas mis un rond dans un fonds de pension (il avait besoin du moindre cent pour faire tourner son moulin).

Cet homme a dit au roi que sa fille pouvait transformer la paille en or en la filant.

Le meunier a dû s'y sentir contraint. Il a dû penser qu'il devait affirmer quelque chose d'aussi invraisemblable, s'il voulait avoir une chance d'attirer l'attention du roi.

Il espère, supposez-vous (en tant que parent potentiel, vous préférez imaginer que les autres parents sont sains d'esprit), que s'il peut faire entrer sa fille dans le palais, s'il trouve un moyen de lui faire rencontrer le roi, ce dernier sera tellement séduit (tout père ne pense-t-il pas que sa fille est irrésistible ?) qu'il oubliera cette absurde histoire de paille transformée en or, après avoir vu la gracieuse pâleur du cou de la jeune fille ; quand elle lui aura décoché son sourire ; quand il aura entendu le son mélodieux de clarinette de sa voix douce mais étonnamment sonore.

Le meunier, apparemment, ne pouvait imaginer la quantité de jeunes filles au cou pâle et au sourire timide que le roi avait déjà rencontrées. Comme la plupart des pères, il était incapable de concevoir que sa fille ne soit pas unique ; qu'elle puisse être adorable, drôle et intelligente, sans pour autant éclipser toutes les autres prétendantes.

Le meunier, pauvre, stupide père en adoration devant sa fille, ne s'attendait pas à ce que sa fille se retrouve enfermée dans une pièce remplie de paille et contrainte d'en filer la totalité en or avant le lever du jour, pas plus que la plupart des pères ne conçoivent que leur fille soit ignorée par les garçons, refusée à l'université, ou maltraitée par l'homme qu'elle finit par épouser. De telles idées ne font pas partie de l'espace sémantique paternel.

La situation empire.

Le roi, qui déteste, semble-t-il, que l'on se moque de lui, annonce, sur le seuil du cellier plein de foin, que si la fille n'a pas filé toute la paille le lendemain matin, il la fera exécuter.

Quoi ? Attendez une minute…

Le meunier commence à s'accuser, à implorer qu'on lui pardonne. Il plaisantait ; non, il était empli d'un orgueil coupable, il voulait que sa fille rencontre le roi, il s'inquiétait pour son avenir.

« Je vous en prie, majesté, vous ne pouvez songer à la tuer… »

Le roi jette un regard glacial au meunier, le fait reconduire par un garde et se retire, refermant la porte derrière lui.

Et c'est là que vous intervenez.

Vous descendez d'une longue lignée de petits sorciers. Les gens de votre famille ont su, pendant des générations, faire tomber la pluie, exorciser les esprits frappeurs, retrouver les alliances perdues.

Pas un seul d'entre eux, du moins durant les derniers siècles, n'a pensé à en faire un moyen de subsistance. Ce n'est pas… respectable. C'est signe qu'on est prêt à tout. Et – comme c'est le cas avec les sortilèges et les tours de prestidigitation – ce n'est pas à cent pour cent fiable. C'est un art, non une science. Qui a envie de rembourser un paysan indigent, debout au milieu de son champ éternellement brûlé ? Qui voudrait dire : Je suis navré, ça marche la plupart du temps, au couple âgé qui entend des éclats de rire sortir de dessous son matelas, et dont l'argenterie bondit hors de la table pour voltiger autour de la pièce ?

Lorsque vous entendez l'histoire de la fille qui est censée filer la paille en or (on ne parle que de ça dans le royaume), vous ne vous dites pas aussitôt : Voilà peut-être un bon moyen pour moi d'avoir un enfant. Ce serait passer la mesure, et vous, malgré un tempérament fort et une volonté féroce, vous n'êtes pas un penseur très profond. Vous réagissez plutôt à l'instinct. C'est l'instinct, donc, qui vous dit : « Aide cette fille, il en sortira peut-être quelque chose de bon. » Sans doute simplement parce que vous, et vous seul, avez quelque chose à lui offrir. Vous qui autrefois n'avez jamais eu grand-chose à offrir aux filles qui passaient par là, riant avec leur petit ami, laissant un sillage parfumé ; une trace de parfum, de poudre, une soudaine effervescence dans l'air qu'elles venaient d'occuper.

Filer de l'or avec de la paille dépasse vos capacités du moment mais n'est pas nécessairement impossible à apprendre. Il y a des textes anciens. Il y a votre tante Farfalee, plus vieille que certains textes mais encore en vie, pour autant que vous le sachiez ; le seul membre vraiment doué de votre cohorte de fripouilles, plus généralement habituées à faire parler des rats en flamand ou sortir des cafards des gâteaux de Noël.

Les châteaux sont faciles d'accès. La plupart des gens l'ignorent ; ils les croient fortifiés, imprenables. Les châteaux, pourtant, ont été sans cesse remodelés et modifiés au long des siècles. Il y a eu le roi enfant qui voulait des passages secrets, avec des judas dans les yeux des portraits ancestraux. Il y a eu le roi paranoïaque qui a fait creuser des tunnels, des kilomètres de tunnels, débouchant dans des forêts, des chemins de campagne et des cimetières.

La jeune fille, cependant, est surprise et impressionnée quand vous apparaissez soudain dans la pièce pleine de paille. Rien à voir avec la magie. Mais déjà vous êtes crédible.

Et dès le premier regard vous comprenez pourquoi le meunier a cru que son pari réussirait. Elle est d'une incroyable beauté, peu conforme aux canons habituels, comme le sont la plupart des grandes beautés. Elle a une peau soyeuse et lisse de porcelaine à peine rosée, un nez un tantinet plus long que la normale, des yeux écartés presque noirs, bordés de cils couleur de martre, un regard vibrant d'intelligence et de curiosité.

Elle fixe sur vous un regard intense. Elle ne dit rien. Sa vie, depuis ce matin, lui paraît si étrange (elle qui hier cousait des sacs de grain et balayait quelques épis de maïs épars sur le sol) que l'apparition soudaine d'un homme contrefait au pied bot, mesurant à peine un mètre vingt, avec un menton aussi long qu'un navet, n'est pour elle qu'une autre manifestation d'une kyrielle d'invraisemblances.

Vous lui dites que vous êtes là pour l'aider. D'un signe de tête, elle vous remercie. Vous vous mettez à l'ouvrage.

Ça commence mal. La paille, passée dans le rouet, en sort seulement sous forme de paille – mais déchiquetée et tordue.

Vous refusez néanmoins de vous affoler. Vous répétez en silence la formule que vous a apprise tante Farfalee (qui n'est pas plus grosse qu'un blaireau à présent, avec des yeux blancs au regard vague et des doigts maigres et raides comme des stalactites). Vous vous concentrez – y croire est essentiel. Une des raisons pour lesquelles les gens sont incapables de pratiquer la magie est tout simplement le manque de conviction.

Et finalement… ça y est. Les premiers brins sont à peine dorés comme des reliques érodées, mais les suivants sont plus or que paille, et bientôt le rouet les crache, un brin d'or après l'autre, d'une couleur profonde, non pas le jaune clinquant de certains ors mais un jaune teinté de rose, légèrement incandescent dans la pièce qu'éclaire à peine une torche.

Transportés – vous et la fille –, vous regardez le tas de paille diminuer tandis que les fils d'or s'amoncellent sur le sol de pierre. C'est ce que vous avez connu de plus proche de l'amour jusqu'à aujourd'hui, de plus proche du rapport sexuel – vous assis au rouet, la fille dans votre dos (elle a, sans s'en apercevoir, posé doucement sa main sur votre épaule) regardant avec étonnement la paille se transformer en or.

Quand tout est terminé, elle dit : « Seigneur. »

Vous ne savez pas avec certitude si elle se réfère à vous ou à Dieu.

« Content d'avoir pu vous aider, répondez-vous. Je dois partir, à présent.

— Laissez-moi vous offrir quelque chose.

— Ne vous croyez pas obligée. »

Mais elle ôte de son cou un collier et vous le tend. Ce sont des grenats, certes de pacotille, sans doute teintés, quoique dans cette pièce, à ce moment précis, à la lueur de toute cette paille d'or, ils soient d'un rouge foncé aussi intense que du sang jaillissant du cœur.

Elle dit : « Mon père me les a donnés pour mon dix-huitième anniversaire. »

Elle passe le collier par-dessus votre tête. Il y a un moment délicat, quand les pierres s'accrochent à votre menton, mais la fille les soulève et le bout de ses doigts effleure votre visage. Les rangs de grenats retombent sur votre poitrine. Dans le creux où, si vous étiez un homme normal, se trouverait votre poitrine.

« Merci », dit-elle.

Vous vous inclinez et partez. Elle vous regarde vous glisser par la porte secrète, sans gonds ni poignée, une des nombreuses issues commandées par le roi paranoïaque mort depuis des lustres.

« Ce n'est pas de la magie », dit-elle en riant.

Vous répondez : « Non, mais la magie est de savoir où se trouve la porte secrète, et comment l'ouvrir. »

Sur ce, vous disparaissez.

Vous apprenez la nouvelle le lendemain, alors que vous longez l'enceinte de la ville, portant le collier de grenats sous votre chemise de laine tachée.

La fille s'en est sortie. Elle a transformé la paille en or.

La réponse du roi ? Recommence ce soir, dans une pièce plus grande, avec deux fois plus de paille.

Il plaisante ?

Non, il ne plaisante pas. Après tout, c'est le même roi qui a fait passer une loi obligeant les chiens et les chats à porter un pantalon, qui a décrété qu'un rire trop sonore était un délit. D'après la rumeur, il a été violé par son père, le roi précédent. Mais ce sont des histoires que racontent les gens, n'est-ce pas, quand ils cherchent à expliquer un comportement inexplicable ?

Ce soir-là, donc, vous recommencez. Filer ne vous demande aucun effort, à présent. Tout en filant, vous faites de petites mimiques à l'intention de la fille. Vous filez d'une seule main. Vous filez en tournant le dos au rouet. Vous filez les yeux fermés.

Elle rit et bat des mains. Son rire est bas et sonore, comme le son d'une clarinette.

Cette fois, quand vous avez terminé, elle vous offre une bague. Sans grande valeur, elle non plus – en argent, sertie d'un éclat de diamant.

Elle dit : « Elle appartenait à ma mère. »

Elle la glisse à votre petit doigt. Elle vous va tout juste. Vous restez immobile un moment, à contempler votre main, qui selon n'importe quel canon n'est franchement pas jolie, avec ses jointures noueuses et ses ongles épais et jaunis. Mais c'est votre main, avec sa bague à l'un de vos doigts.

Vous vous retirez sans prononcer un mot. Vous craignez de dire quelque chose qui pourrait être sérieusement embarrassant.

Le lendemain…

D'accord. Une dernière salle pleine de foin, deux fois plus grande. Le roi promet que c'est la dernière fois, mais il tient à ce troisième et dernier acte d'alchimie. Il croit, semble-t-il, que la valeur est liée au chiffre trois, ce qui explique les trois tours grotesques et inutiles qu'il a plantées sur les murs du château, les trois conseillers qu'il n'écoute jamais, les trois défilés annuels qui ne commémorent rien de particulier, sinon la célébration du roi lui-même.

Et…

Si la fille réussit une fois de plus, le roi a annoncé qu'il l'épouserait, en ferait sa reine.

C'est la récompense ? Épouser un homme qui vous ferait décapiter si vous ne parveniez pas à accomplir non pas un, mais trois miracles ?

La jeune fille va refuser, c'est certain.

Vous vous rendez au château une fois de plus, et vous refaites la même chose. Il semble que ce soit devenu une habitude à présent, l'entassement de la paille d'or, son éclat flamboyant, mais d'une certaine façon la répétition ne rend pas l'acte banal. C'est (du moins vous l'imaginez) un peu comme si vous étiez amoureux ;

comme si vous vous émerveilliez, tous les matins, que votre maîtresse soit à côté de vous dans le lit, sur le point d'ouvrir les yeux, et que, chaque matin, elle voie votre visage en premier.

Quand vous avez fini, elle dit : « Je crains de n'avoir plus rien à vous offrir. »

Vous vous taisez. Vous vous rendez compte avec stupéfaction que vous attendez d'elle quelque chose de plus. Vous vous êtes dit, les deux nuits précédentes, que le collier et la bague étaient des merveilles, mais des preuves de gratitude superflues ; que vous avez fait tout ça uniquement pour voir la reconnaissance illuminer son visage.

Il est surprenant, dans ce cas, que vous ne vouliez pas partir sans récompense ce soir-là. Que vous désiriez, avec une insistance troublante, un autre témoignage, un talisman, une preuve supplémentaire. Est-ce parce que vous savez que vous ne la reverrez plus ?

Vous dites : « Vous n'allez pas l'épouser, n'est-ce pas ? »

Elle baisse les yeux, contemple le sol jonché de brins de paille transformés en or.

Elle dit :

« Je serai reine.

— Mais vous serez mariée à lui. C'est-à-dire à l'homme qui était prêt à vous tuer si vous ne teniez pas votre promesse. »

Elle lève la tête et vous regarde.

« Mon père pourrait habiter le palais avec moi.

— Quand bien même. Vous ne pouvez pas épouser un monstre.

— Mon père vivrait au château. Les médecins du roi prendraient soin de lui. Il est malade, la poussière de blé pénètre dans les poumons. »

Vous êtes aussi surpris qu'elle de vous entendre dire : « Alors promettez-moi votre premier enfant. »

Elle cligne des yeux, stupéfaite, en guise de réponse.

Mais vous l'avez dit. Vous pouvez aussi bien continuer.

« Laissez-moi élever votre premier enfant, lui demandez-vous. Je serai un bon père. Je lui apprendrai la magie, je lui apprendrai la générosité et le pardon. Ce n'est pas tout à fait le genre du roi, n'est-ce pas ?

— Si je refuse, dit-elle, me dénoncerez-vous ?

— Oh. »

Vous ne voulez pas vous abaisser au chantage. Vous auriez préféré qu'elle ne pose pas la question, et vous ne savez comment répondre. Vous ne la dénoncerez jamais. Mais vous êtes tellement sûr d'être capable de sauver cet enfant qui n'est pas encore conçu, qui sera, sans votre aide, abusé par le père (les hommes qui ont été violés par leur père n'en font-ils pas toujours autant avec leurs enfants ?), qui deviendra un autre roi cruel et capricieux quand son tour viendra, qui exigera des défilés pour un oui ou pour un non, des tours encore plus grotesques, et n'importe quoi d'autre.

Elle interprète votre silence comme un oui. Oui, vous la dénoncerez si elle ne vous donne pas cet enfant.

Elle dit : « Très bien, alors. Je vous promets de vous donner mon premier-né. »

Vous pourriez revenir en arrière. Vous pourriez lui dire que vous plaisantiez, que vous n'enlèverez jamais son enfant à une femme.

Mais vous découvrez – surpris – que cette capitulation n'est pas pour vous déplaire, que vous appréciez cette acceptation sans résistance, venant de celle qui incarne aujourd'hui toutes les filles qui ne vous ont jamais rien accordé durant toutes ces années, pas même un regard de curiosité.

Vous découvrez le côté le plus sombre de l'amour.

Une fois encore, vous partez sans un mot. Cette fois, cependant, ce n'est pas par crainte ou par gêne. Cette fois, c'est parce que vous êtes avide et honteux, vous voulez l'enfant, il vous faut l'enfant, vous avez un besoin absolu de l'enfant, et pourtant vous ne pouvez supporter ce que vous êtes en ce moment ; vous ne pouvez rester là plus longtemps, à savourer le pouvoir que vous exercez sur elle.

On procède aux noces royales. Soudain la roturière, la fille du meunier, devient célèbre ; soudain son visage est exposé partout en effigie, sur les bannières comme sur les tasses à café.

Et elle a vraiment l'air d'une reine. Sa pâleur lumineuse, son regard sombre et intelligent ont en tout point l'apparence royale qui convient.

Un an plus tard, quand naît le petit garçon, vous vous rendez au palais.

Vous avez songé à renoncer – vous y avez songé, certes –, mais après des nuits d'insomnie à envisager l'avenir, le retour à l'immense solitude et au désespoir dans lesquels vous avez vécu l'année passée (les gens ont essayé de vous vendre des porte-clés et des médaillons à l'effigie de la jeune fille, imaginant, ce qui est naturel de leur part, que vous étiez un client comme un autre ; vous qui portez le collier de grenats sous vos chemises, et au doigt l'anneau d'argent)...

Vous ne pouvez renoncer après les crises d'autodérision que suscitent en vous les insuffisances de votre corps et de votre visage. Jusqu'à ces nuits à filer la paille, aucune fille ne vous a laissé vous approcher assez près pour que vous vous aperceviez que vous êtes doué d'esprit, de charme et de compassion, que vous seriez désiré, recherché, si vous étiez seulement…

Ni la tante Farfalee ni le plus ancien et le plus respecté des textes n'évoque la possibilité de transformer un gnome en bel homme, droit comme un I. La tante Farfalee vous a dit autrefois, de sa voix rauque et grinçante, que la magie a ses limites ; que la chair s'est constamment révélée, au cours des siècles, sensible aux souffrances, mais que jamais, même pour le plus puissant des sorciers, elle n'a été capable de se régénérer.

Vous vous rendez au palais.

Il n'est pas difficile d'obtenir une audience avec le roi et la reine. Une des traditions, une coutume tellement ancienne et bien enracinée que même ce roi-là n'ose pas l'abolir, est d'assister à l'audience du mercredi, durant laquelle les citoyens qui le désirent peuvent se présenter dans la salle du trône et déposer une requête, après que le roi a pris femme.

Vous n'êtes pas le premier dans la file. Vous attendez, tandis qu'une corpulente jeune femme rapporte qu'une assemblée de sorcières de son quartier a jeté un sort aux chèvres, qui marchent sur leurs pattes de derrière et se promènent dans la maison comme si elles étaient chez elles. Vous attendez, tandis qu'un vieil homme proteste contre la nouvelle taxe à laquelle sont soumis tous les citoyens de plus de quatre-vingts ans, façon pour le roi de s'attribuer ce qui devrait normalement revenir aux héritiers de ses sujets.

Et pendant que vous patientez, la reine vous aperçoit.

Elle a l'air parfaitement naturelle sur le trône, tout comme l'est son effigie sur les bannières, les tasses et les porte-clés. Elle vous a remarqué, mais son expression reste inchangée. Elle écoute avec une même attention feinte la femme dont les chèvres s'assoient à table avec la famille, l'homme qui refuse que sa fortune soit siphonnée par l'État avant sa mort. Il est de notoriété publique que ces audiences données par le roi et la reine n'aboutissent jamais à aucun résultat. Cependant, les gens veulent y venir et être entendus.

Pendant que vous attendez, vous apercevez le père de la fille, le meunier (l'ancien meunier), assis parmi les membres de la cour, portant tricorne et col d'hermine. Il considère la file des solliciteurs avec l'air outragé d'une douairière ; avec une expression de supériorité, un air moralisateur – lui qui a récemment fait faillite, qui a joué avec la vie de sa fille, et a tout gagné grâce à vous.

Quand vient votre tour, vous vous inclinez devant les époux royaux. Le roi répond, comme toujours, par le même signe de tête indifférent. Sa tête pourrait avoir été sculptée dans le marbre. Ses yeux sont d'un bleu froid sous sa couronne incrustée de pierres précieuses. Il ressemble, de son vivant, à la version de pierre qui surmontera son sarcophage.

Vous dites : « Ma reine, je pense que vous connaissez la raison de ma venue. »

Le roi regarde son épouse d'un air désapprobateur. Aucun signe d'interrogation n'apparaît sur son visage. Il ne lui vient pas à l'esprit qu'elle pourrait être innocente. Il se demande seulement ce qu'elle a dû faire.

La reine acquiesce. Vous ne pouvez dire ce qui lui traverse l'esprit. Elle a manifestement appris, durant l'année écoulée, à afficher une expression de royale opacité, qu'elle ne possédait pas lorsque vous transformiez à sa place la paille en or.

Elle dit : « S'il vous plaît, veuillez reconsidérer la question. »

Vous n'envisagez pas de reconsidérer la question. Vous auriez peut-être envisagé de la reconsidérer avant de vous trouver en présence de ces deux-là, le monarque tyrannique et ignorant et la femme qui a accepté de l'épouser.

Vous lui dites qu'une promesse a été faite. Vous n'ajoutez rien d'autre. Elle jette un coup d'œil au roi, et ne peut cacher un moment d'inquiétude propre à une pauvre fille de meunier.

Elle se tourne à nouveau vers vous. Elle dit : « Ce n'est pas facile, n'est-ce pas ? »

Vous hésitez. Vous êtes en proie à des émotions contraires. Vous comprenez la situation où elle se trouve. Vous la plaignez. Vous êtes amoureux d'elle. C'est probablement l'ardeur désespérée de votre amour qui vous pousse à rester ferme, à refuser son refus – elle qui d'un côté a réussi d'une façon aussi spectaculaire et, de l'autre, a consenti à ce qui sera, au mieux, un mariage froid et brutal. Il vous est simplement impossible de revenir sur votre décision et de sortir de la pièce. Vous ne pouvez vous résoudre à vous abaisser à ce point.

Elle ne se soucie pas de vous, après tout. Vous êtes quelqu'un qui lui a fait une faveur, un jour. Elle ne connaît même pas votre nom.

À cette pensée, vous décidez de lui proposer un compromis.

Vous lui dites qu'elle a trois jours pour deviner votre nom, répondant ainsi à l'obsession de son mari pour le chiffre trois. Si elle y arrive, si elle parvient à deviner votre nom au cours des trois prochains jours, la promesse sera caduque.

Si elle ne peut pas…

Vous ne le dites pas à voix haute, naturellement, mais si elle ne le peut pas, vous élèverez l'enfant dans une clairière de la forêt. Vous lui apprendrez les noms scientifiques des arbres, et les noms secrets des animaux. Vous lui enseignerez l'art de la miséricorde et de la patience. Et vous verrez, dans le garçon, certains des traits de sa mère – les grands lacs sombres de ses yeux, peut-être, ou son nez aristocratique, un peu trop busqué.

La reine acquiesce d'un signe de tête. Le roi grogne. Mais il ne peut pas poser de questions, pas ici, pas en présence de ses sujets alignés devant lui. Il ne peut paraître surpris, mal informé, abusé.

Vous vous inclinez à nouveau et, aussi droit que le permet votre colonne vertébrale tordue, vous vous retirez de la salle du trône.

Vous ne saurez jamais ce qui s'est passé entre le roi et la reine lorsqu'ils se sont retrouvés seuls. Vous espérez qu'elle a tout confessé et soutenu qu'un vœu, une fois fait, ne pouvait être renié. Vous allez même jusqu'à imaginer qu'elle pourrait prendre votre défense pour vous remercier de lui avoir offert un sursis.

Cependant vous la soupçonnez de se sentir en danger ; de ne pas être certaine que son mari lui pardonnera de lui avoir fait croire que c'était elle qui avait filé la paille en or. Puisqu'elle a donné naissance à un héritier mâle, elle n'est plus indispensable désormais. Et donc, quand elle sera confrontée à la réalité, elle invoquera probablement… une histoire de mauvais sort et de malédiction, une pure invention dans laquelle vous, un lutin, serez le seul à blâmer.

Vous aimeriez ressentir une véritable colère à cette pensée. Vous voudriez ne pas la plaindre, même un peu, de s'être mise dans une situation aussi fâcheuse.

Et puis il y a l'amour. L'expérience dont vous vous êtes senti exclu pendant si longtemps. Cette rage mêlée d'empathie ; le désir simultané d'admirer et de vaincre.

Vous voudriez trouver cela plus détestable. Ou, en tout cas, aussi détestable que cela l'est en réalité.

La reine envoie des messagers à travers tout le royaume pour tenter de découvrir votre nom. Vous savez cette tentative vaine. Vous vivez dans un abri creusé dans un tronc d'arbre, si loin au fond des bois que ni promeneur ni vagabond n'est jamais passé par là. Vous n'avez pas d'amis, et vos parents vivent non seulement très loin, mais dans des lieux aussi secrets que le vôtre (prenez la grotte minuscule de tante Farfalee, par exemple, que l'on atteint seulement après avoir nagé quinze mètres sous l'eau). Vous n'êtes inscrit nulle part. Vous n'avez jamais rien signé.

Vous revenez au château le lendemain, et le surlendemain. Le roi vous lance un regard assassin (quelle histoire lui a-t-on racontée ?), tandis que la reine se perd en conjectures.

Althalos ? Borin ? Cassius ? Cedric ? Destrain ? Fendrel ? Hadrian ? Gavin ? Gregory ? Lief ? Merek ? Rowan ? Rulf ? Sadon ? Tybalt ? Xalvador ? Zane ?

Non non non non non non non non non et non.

Les choses se présentent bien.

C'est alors, le soir du deuxième jour, que vous commettez une erreur fatale. Vous vous demanderez, par la suite : pourquoi ai-je allumé un feu devant mon arbre, fredonné cette chansonnette et exécuté cette petite danse ? Cela paraissait sans conséquence sur le moment, et vous étiez tellement heureux, tellement sûr de vous. Vous vous étiez retrouvé seul dans votre petit séjour, songeant à l'endroit où le berceau prendrait place, vous demandant qui vous apprendrait à langer le bébé, imaginant l'enfant levant son visage vers le vôtre et murmurant : « Père. »

C'est insupportable de rester assis à l'intérieur tout seul. C'est frustrant. Vous plongez dans l'obscurité de la forêt nocturne, parmi les stridulations des insectes et les hululements lointains des chouettes. Vous allumez un feu. Vous vous autorisez une pinte de bière, puis une autre.

Et, presque involontairement, voilà que vous vous mettez à danser autour du feu. Voilà que vous improvisez une chanson.

Ce soir, je brasse de la bière, demain je fais
[du pain,
Ensuite je prendrai l'enfant de la reine,
Car peu en sait la souveraine...

Par quel hasard le plus jeune des envoyés de la reine, celui qui est le plus impatient d'obtenir de l'avancement, celui qui a été menacé de renvoi (il est trop zélé et démonstratif dans son rôle de messager, il s'incline trop bas, il tape sur les nerfs du roi), par quel hasard ce jeune magouilleur, qui sait que chaque pouce du territoire a déjà été passé au peigne fin, qu'on a frappé à chaque porte, a eu l'idée de pénétrer dans la forêt ce soir-là, hésitant, craignant de gâcher un temps précieux, mais espérant que peut-être, peut-être, le petit homme vivait en autarcie ?

Quel hasard lui a permis d'apercevoir votre feu, de se faufiler à travers les buissons et d'entendre la chansonnette que vous chantiez ?

Vous retournez au château, triomphant, en ce troisième et dernier après-midi. Vous êtes pour la première fois de votre vie un personnage important, menaçant. Enfin, on ne peut ni vous ignorer ni vous renvoyer.

La reine paraît agitée. Elle dit : « Bien, voici donc la dernière chance. »

Courtois, vous vous gardez de répondre.

Elle dit : « Est-ce Brom ? »

Non.

« Est-ce Leofrick ? »

Non.

« Est-ce Ulrick ? »

Non.

Vient alors un moment – un millième de moment, la plus minuscule fraction de temps imaginable – durant lequel la reine songe à vous donner le bébé. C'est lisible sur son visage. Un moment où elle comprend qu'elle pourrait vous sauver comme vous l'avez sauvée ; où elle s'imagine qu'elle envoie tout balader et part avec vous et l'enfant. Elle ne vous aime pas, elle en est incapable, mais elle se souvient qu'elle est restée dans cette pièce la première nuit, quand la paille a commencé à se transformer en or ; quand elle a compris qu'à une situation impossible répondait une issue impossible ; quand elle a posé imprudemment sa main sur votre épaule noueuse recouverte de toile à sac et qu'elle a pensé ... (*whoosh*, le temps qu'il vous faut pour lire *whoosh*, elle n'y pense déjà plus) qu'elle pourrait quitter son mari cruel et vivre avec vous et l'enfant dans les bois...

Whoosh.

Le roi lui décoche un regard glacial. Elle vous regarde, ses yeux sombres emplis d'une calme ferveur, le cou recourbé et les épaules rejetées en arrière.

Elle prononce votre nom.

Ce n'est pas possible.

Le roi a un rictus victorieux, prédateur. La reine se détourne.

Le monde qui était sur le point de se transformer change à nouveau. Il n'y a plus rien, rien que vous sortant précipitamment de la salle du trône, traversant la ville à la hâte, regagnant la petite maison vide qui est toujours là, qui a toujours été là, à vous attendre.

Vous tapez du pied droit. Vous le tapez avec une telle force, une violence décuplée par une rage de possédé, qu'il traverse le sol de marbre, s'y enfonce jusqu'à la cheville.

Vous tapez du pied gauche. Même chose. Vous voilà debout maintenant, tremblant, fou de fureur et de déception, enfoncé jusqu'aux chevilles dans le sol royal.

La reine garde son visage détourné. Le roi pousse un éclat de rire qui retentit comme la défaite elle-même.

Et sur ce, vous vous fendez en deux.

C'est la sensation la plus étrange qu'on puisse imaginer. C'est comme si une bande adhésive invisible qui vous avait maintenu en une seule pièce, depuis le milieu du front jusqu'à l'entrejambe, avait soudain été arrachée. Ce n'est pas plus douloureux que d'ôter un pansement. Vous tombez alors à genoux, et vous vous regardez, deux fois, vos deux moitiés titubant en avant, se regardant l'une l'autre d'un air éberlué, l'une qui vous regarde, stupéfaite, vous qui la regardez, stupéfait, elle qui vous regarde…

En silence la reine fait signe à deux des gardes, qui vous soulèvent du sol dans lequel vous êtes fiché en deux morceaux, qui vous emportent, une moitié chacun, hors de la salle. Ils vous emmènent jusqu'à votre maison dans les bois et vous y laissent.

Vous êtes deux, à présent. Aucun des deux ne se suffit à lui-même, mais vous apprenez avec le temps à rapprocher vos deux moitiés, et à clopiner alentour. Il y a des limites à ce que vous pouvez faire, mais vous êtes capable de vous déplacer d'un endroit à un autre. Chaque moitié, naturellement, demande la coopération de l'autre, et vous vous impatientez contre vous-même, maudissez votre maladresse, votre énervement, votre manque de considération pour l'autre moitié. Vous en êtes doublement conscient. Pourtant, vous continuez. Vous avancez ensemble, montez et descendez les marches lentement et prudemment, pestant, criant gare, chacun de vous poussant l'autre à ralentir le pas, ou à accélérer, ou à attendre une seconde. Que pouvez-vous faire d'autre ? Chaque moitié serait impuissante sans l'autre. Chacune serait immobilisée, écrasée, abandonnée, dépossédée.

INÉBRANLABLE ; EN PLOMB

C'est son jour de chance. Elle s'adoucit, après deux années d'une amabilité froide et distante. Enfin, les cerises sont apparues dans trois des fenêtres des machines à sous. À la fête de la bière organisée par son club d'étudiants (c'est le printemps d'après le calendrier, mais le vent qui vient du lac est encore mordant, l'herbe sèche), elle a bu un peu plus que de raison, parce qu'elle vient d'être plaquée par un garçon qu'elle croyait aimer ; un garçon qui, en la quittant, lui a ravi ses premiers rêves d'un avenir convaincant.

À la fête de la fraternité, sa meilleure amie lui a chuchoté : « Va retrouver ce type, tente ta chance avec lui, tu n'as donc pas remarqué que ça fait deux ans qu'il te court après ? Écoute, continue la fille, il est juste assez excité et abruti ce soir, ce dont, franchement, chérie, tu pourrais profiter tout de suite, ça fait partie de ton programme de guérison, histoire de prendre congé de ton crétin d'ex-copain, emmène cette pauvre andouille faire un tour, ça te fera du bien, tu as besoin, comment dire, d'un peu de... »

Il est attiré par les filles distantes, les filles qui ne sont pas libres, qui ne s'en laissent pas conter, étant donné ce qu'il est, un garçon qui aurait pu être sculpté par Michel-Ange ; un de ces êtres exceptionnels qui portent leur beauté comme une caractéristique humaine normale, et non une aberration. Une fille lointaine et indisponible est rare à ses yeux.

En haut, dans sa chambre, il lui a déboutonné son chemisier, il introduit ses doigts entre ses cuisses, ce qu'elle semble apprécier, mais sans plus. Elle a eu raison, dès l'instant où leurs yeux se sont croisés au cours de sciences humaines – ces garçons bien foutus, hyper-sûrs d'eux ne sont jamais très adroits, ils n'ont jamais eu à l'être, ils ont été éduqués par des filles trop reconnaissantes, trop enamourées, incapables de faire réellement leur apprentissage. De piètres séances de pelotage, des baisers maladroits suffisaient à ces filles simples et éprises dont l'objectif principal était de le garder dans les parages. Il a dû faire l'amour à une centaine d'entre elles, davantage sans doute, et chacune, semble-t-il, a fait un peu plus que coopérer ; que de lui assurer qu'il avait été parfait de bout en bout et lui avait donné tout ce que désire une femme, tout ce dont elle a besoin.

Elle n'est pas tellement patiente. Elle n'est pas tellement intéressée.

Si bien qu'elle se dégage de son étreinte et se déshabille rapidement avec l'indifférence machinale d'une sportive dans les vestiaires.

Oh. Bien. Super. C'est nouveau pour lui, cette attitude désinvolte, ce côté : « Allons-y. »

Cela signifie qu'il n'a pas eu le temps de la préparer, de lui faire cet aveu confus qui, depuis sa première année à l'université, marche chaque fois.

Déconcerté, troublé, il se dévêt à son tour. Il ne sait pas quoi faire d'autre.

Et la voilà dévoilée.

Il se contente de dire : « C'est une prothèse. » Il la détache, la jette d'un geste négligent, cynique, sur le sol.

Sa jambe droite s'arrête juste au-dessus du genou.

« Un accident de voiture, explique-t-il. J'avais dix-sept ans. Pendant les vacances d'été, après le lycée. »

La jambe est inerte sur le sol. Elle ressemble à un accessoire, là, toute seule ; le mollet de plastique couleur chair s'amincit jusqu'à une cheville d'où jaillit un pied sans doigts.

Il se tient devant elle. Il n'a aucun mal à se balancer sur une jambe.

Il lui dit – il raconte toujours cette histoire, à toutes les filles – que l'autre voiture était conduite par un garçon de quinze ans qui venait de la voler et qui était poursuivi par la police. Il souligne qu'il n'était en rien responsable ; qu'un jeune criminel, un démon en quelque sorte, lui a volé sa jambe.

Elle a besoin d'un moment pour se rendre pleinement compte qu'il lui manque une jambe. Son corps, depuis les larges épaules de fermier jusqu'aux sillons des abdominaux, est aussi parfait qu'elle l'avait imaginé.

Pourtant il est estropié. Il n'a cessé de bluffer depuis cet accident de voiture survenu après qu'il a quitté le lycée, intact et couronné de lauriers. Il semble qu'un démon ait révélé la chute de la plaisanterietrop tôt, et que cette plaisanterie, dès le tout début (pas question de chien qui parle, de rabbin ou de pari fou), n'ait pu avoir qu'une fin surréaliste et macabre.

« Donc, ce très beau garçon entre dans un bar et… le bar explose et tout le monde est tué. »

Le côté bravache qu'elle n'a jamais aimé chez lui, l'aplomb de petit casseur qui l'a rebutée ne sont en fait qu'un piège, une manière de s'en

sortir. Il s'en tire avec une assurance caricaturale parce qu'il ne peut rien faire d'autre.

Il sait aussi bien qu'une femme ce qu'est la perte de l'intégrité. Il sait, comme le sait une femme, faire comme si de rien n'était.

Parfois le tissu qui nous sépare se déchire juste assez pour que l'amour puisse briller au travers. Parfois la déchirure est étonnamment petite.

Elle épouse non seulement un homme mais une incongruité ; elle tombe amoureuse de la faille entre son physique et son tourment.

Il épouse la première fille qui n'a pas traité son amputation à la légère ; la première qui n'a pas eu besoin d'éluder son chagrin et sa colère, ou, bien pire, de le distraire de son chagrin et de sa colère.

Les surprises arrivent les unes après les autres.

Après leur mariage, au fil des années, il constate avec étonnement que son dégoût pour toute sentimentalité peut souvent la rendre froide et cruelle ; il est surpris par son insistance à qualifier cette attitude d'« honnêteté ». Comment lutter avec quelqu'un qui exige que chacun de ses défauts ou chacune de ses défaillances soit considéré comme une vertu, une qualité admirable qu'il refuse de comprendre ?

Elle s'étonne de voir sa beauté éblouissante céder si rapidement au « sourire Colgate » du vendeur de voitures ; elle s'étonne qu'il soit devenu un vendeur de voitures ; que sa chair épaissie, plus massive, en fasse moins une victime de la rage d'un dieu vengeur qu'un banal optimiste à qui il manque une jambe.

Lui est surpris de se sentir si seul en sa présence, elle d'être obligée de se forcer pour lui montrer de l'intérêt. L'indifférence qu'elle affiche nourrit la solitude qu'il éprouve. Sa solitude l'incite à se montrer plus aimable, plus désespérément charmant, ce qui ne fait qu'émousser davantage l'intérêt qu'elle lui porte. C'est mauvais signe quand elle lui dit soudain au milieu d'un dîner au restaurant : « Pour l'amour du ciel, est-ce que tu peux cesser de te comporter comme si tu essayais de me vendre une voiture ? » C'est mauvais signe quand il a une aventure avec une pauvre idiote qui boit chacune de ses paroles, rit (peut-être un peu trop bruyamment) à toutes ses plaisanteries.

Cependant, tous deux restent mariés. Ils restent mariés parce qu'elle a pris un congé de maternité à la naissance de Trevor et, contrairement à son intention, ne retourne pas dans son cabinet d'avocats – elle ne s'attendait pas à être fascinée du matin au soir par son enfant. Ils restent mariés parce que la réfection de la cuisine dure une éternité, parce qu'il y a Beth maintenant en plus de Trevor, parce que le mariage n'est pas si détestable que ça, parce que ne plus l'être paraît si difficile, si effrayant, si triste. Ils pourront se séparer une fois la cuisine rénovée, quand les enfants auront grandi, après que leur couple aura enfin dépassé l'âge des colères et des disputes et atteint la froide désolation de l'invivable.

Ils espèrent apprendre à être plus heureux ensemble. Ils aspirent aussi, parfois, à atteindre le point où la détresse deviendra si profonde qu'ils n'auront plus aucun autre choix.

Alors, chérie, tu as aimé cette histoire ?

C'était pas mal.

Je l'avais conservée. En attendant que tu sois un peu plus vieille.

Plus vieille ?

Eh bien, huit ans n'est pas vieux, c'est juste un peu plus vieux que, mettons, six ans. Pourquoi ne l'aimes-tu pas ?

Je déteste que tu me poses cette question. J'ai dit qu'elle était pas mal.

Bon, disons-le un peu différemment. Qu'est-ce que tu n'aimes pas dans l'histoire ?

Je peux m'en aller, maintenant ?

Dans une minute. Tu veux bien répondre à la question d'abord ?

Tu n'as pas raconté cette histoire à Trevor.

Trevor est dehors, il joue au ballon.

Je voulais te la raconter à toi spécialement. En quoi elle te déplaît ?

Bon. Pourquoi ce soldat n'avait-il qu'une jambe ?

Le fabricant de jouets n'avait plus assez de plomb.

C'est carrément stupide. Que le soldat tombe amoureux de la ballerine parce qu'il croit qu'elle aussi n'a qu'une jambe.

Il n'a pu voir qu'une seule de ses jambes. L'autre était levée derrière elle.

Mais il aurait pu le savoir, non ? Il n'avait donc jamais vu de ballerine ?

Peut-être pas. Ou peut-être prenait-il son rêve pour la réalité. Si tu n'avais qu'une jambe, tu ne désirerais pas rencontrer d'autres personnes comme toi ?

Ça n'a aucun sens.

Qu'est-ce qui n'a pas de sens ?

Le soldat tombe par une fenêtre, de mauvais garçons le mettent dans un bateau de papier, et il se retrouve dans un collecteur d'eaux pluviales.

Ça a du sens pour moi.

Mais ensuite il est avalé par un poisson et le poisson est acheté par la cuisinière de la même famille, et quand elle l'ouvre en deux, le soldat se trouve à l'intérieur.

Pourquoi cela ne te plaît-il pas ?

Euh, peut-être parce que c'est stupide.

C'était l'image de notre destinée. Tu sais ce que signifie le mot « destinée » ?

Oui.

Le soldat et la ballerine ne pouvaient pas rester séparés. C'était la destinée.

Je sais ce que ça veut dire. C'est toujours aussi stupide.

On pourrait chercher un autre mot...

Ensuite le petit garçon a jeté le soldat dans la cheminée. Sans raison. Après que le soldat est revenu dans le poisson. Le garçon l'a jeté dans le feu.

Un démon a jeté un sort au garçon.

Les démons n'existent pas.

D'accord. Très bien, disons qu'il n'aimait pas que le soldat soit différent.

Tu dis toujours « différent » quand il y a quelque chose qui cloche chez quelqu'un.

Je ne suis pas fana d'une expression comme « quelque chose qui cloche chez quelqu'un ».

Et alors. Tu sais ce qui est réellement stupide ? Que la ballerine tombe dans le feu, elle aussi.

On pourrait parler de ce que « destinée » signifie dans ce cas ?

La ballerine avait deux jambes. La ballerine était perchée sur une étagère. La ballerine n'était pas « différente ».

Mais elle aimait quelqu'un qui l'était ?
La belle affaire d'être différent ? Tu en parles comme s'il s'agissait d'un privilège.

Le mariage amorce un nouveau tournant à leur vingtième anniversaire, quand le bateau prend feu.

L'incident survient durant les premières vacances qu'ils prennent en couple depuis la naissance des enfants. Trevor est étudiant en première année à Haverford, Beth en terminale au lycée – ce sont pratiquement des adultes, maintenant. Et selon l'agent immobilier, avec la cuisine rénovée à la perfection, ils peuvent obtenir une fortune de la maison.

Toutes leurs raisons n'ont aucune prise sur eux. Ils choisissent le genre de vacances censées sauver un mariage, qui signifient en général que le mariage est déjà fichu.

Le voilier affrété, avec ses dix passagers et trois hommes d'équipage, explose au large de la côte dalmate. Ils apprendront plus tard que c'est la faute du matelot de pont ivre, d'un briquet Zippo, et d'une fuite dans une bouteille de gaz.

À un moment, ils prennent le soleil sur le pont. Elle a remarqué un nuage qui ressemble à Franklin Delano Roosevelt de profil et le lui fait remarquer, pensant que c'est ce que font les couples heureux ; espérant que l'imitation du bonheur se transformera en réalité. C'est réconfortant, en apparence, de passer deux semaines cantonnés dans un endroit en compagnie de onze étrangers ; d'avoir entendu Eva Balderston dire à sa sœur Carrie : « Quel couple charmant », quand ils se sont levés de table, la veille au soir ; d'avoir la foi.

Il essaie de distinguer le profil de Roosevelt dans le nuage. Elle essaie de ne pas attacher d'importance au fait qu'il n'y parvient pas, quand ça crève littéralement les yeux. Elle s'efforce de ne pas penser à tout ce qu'il ne voit pas dans le monde qui les entoure. Il résiste à l'angoisse de la décevoir à nouveau. Il est sur le point de dire : « Oh oui, bien sûr, c'est étonnant », quand il ne voit en réalité rien de plus que des nuages ordinaires.

L'instant suivant, elle est dans l'eau. Elle sait qu'il y a eu un immense fracas, elle sait qu'il y a eu une lueur brûlante et aveuglante, mais cela semble n'être qu'un souvenir. Elle se trouve aussitôt plongée dans une nouvelle irréalité, et pendant un moment a l'impression de nager depuis toujours dans l'eau de mer, dans un miroitement bleu-vert, une étendue incroyablement calme sur laquelle, une trentaine de mètres plus loin, la silhouette noire du navire est suspendue au milieu des flammes, comme un squelette sur l'écran orange des rayons X.

Un moment plus tard, la réalité commence à revenir peu à peu.

Il y a eu une explosion. Il semble qu'elle ait été projetée hors du bateau. La douleur dans son bras gauche provient d'une entaille longue et précise comme le bord d'une enveloppe kraft. La pensée qu'il y a du sang et des requins lui traverse l'esprit en tant que fait, mais seulement en tant que fait, un détail inscrit dans sa mémoire, rien de vraiment menaçant. Comme si elle se rappelait une histoire à propos d'un truc affreux arrivé à une femme comme elle.

Il semble qu'elle soit entourée d'objets flottant çà et là : un bout de mât, une casquette de base-ball, une boîte de Coca Light vide.

Elle ne voit personne d'autre.

Tandis que le bateau s'enfonce dans l'eau avec un sifflement, elle se souvient soudain qu'il n'est pas très bon nageur. Il a refusé d'écouter le physiothérapeute qui affirmait que la nage est le meilleur exercice pour un amputé.

Elle s'étonne de se sentir irritée contre lui. L'irritation passe, et elle regarde à nouveau autour d'elle, comme si elle se réveillait dans un endroit inconnu, sans personne en vue.

Elle se tient verticalement dans l'eau, plongée dans un état proche de la sidération, ne sachant quoi faire d'autre. Elle reste dans cet état tandis que l'homme aux cheveux bruns, qui ne parle pas anglais, attache le harnais qui la soulève en l'air. Elle y reste un moment jusqu'à ce qu'elle se retrouve attachée à une civière dans un hélicoptère, portant une minerve qui lui permet seulement de voir deux bouteilles d'oxygène accrochées à des sangles et une boîte de métal blanc ornée d'une croix rouge.

La croix rouge signifie, en quelque sorte (ça semble clair, bien qu'énigmatique), que son mari est mort. Elle est frappée (l'étrange sérénité du choc ne s'est pas encore estompée) par le gémissement inhumain qui lui perce les oreilles. Elle ne se serait jamais crue capable de produire pareil son.

Il ne saura pas expliquer, parce qu'il ne se souviendra pas, comment il s'est retrouvé gisant dans les hauts-fonds près d'une plage de sable blanc pendant presque un jour entier après l'incendie du bateau. Les infirmiers qui l'ont emmené vers le modeste hôpital local diront simplement : « Miracle », avec leur accent particulier : « *Me-wrack-cowl.* »

On l'aide à se rendre auprès de lui. Quand elle pénètre dans la salle de l'hôpital, il la regarde avec un calme sévère, puis éclate en sanglots comme un enfant de trois ans.

Elle se glisse dans le lit étroit à son côté et le serre contre elle. Ils comprennent tous les deux.

Ils ont pénétré un futur dans lequel chacun d'eux avait disparu aux yeux de l'autre. Ils ont goûté la séparation. Et désormais ils sont revenus au présent, un présent qui est une résurrection. Ils sont, à dater de cette heure, mariés à jamais.

Tu te souviens de l'histoire que tu m'as lue ?

Quelle histoire ? Dis donc, tu n'emportes pas ton sweat Britney Spears, j'espère ?

Je l'aime bien, ce sweat à capuche. Tu sais, cette histoire.

Je t'ai lu des centaines d'histoires. Tu n'as pas porté ce sweat depuis l'âge de quinze ans.

L'histoire du soldat unijambiste.

Ah. Oui. Pourquoi en parles-tu maintenant ?

Peut-être parce que je quitte la maison.

Tu ne quittes pas la maison. Tu vas à l'université à deux États d'ici. Six heures de trajet. Ce sera toujours ta maison.

Je ne vais pas porter ce sweat, pour quelle débile tu me prends ?

Qu'est-ce qu'il y a de particulier avec le soldat unijambiste ?

Je savais ce que tu faisais. J'ai pensé que je devais te le dire. Maintenant que je quitte la maison.

Et alors, chérie, qu'est-ce que je faisais, à ton avis ?

Bof. Tu me racontais ton histoire avec papa.

Si tu n'as pas l'intention de porter le sweat, à quoi sert de l'emporter ?

Des raisons sentimentales. Un souvenir de mes jours de gloire.

Tes jours de gloire sont encore à venir.

C'est ce que les gens répètent sans arrêt. Quel était ton but quand tu lisais cette histoire ?

Je ne crois pas que j'avais un but. C'était juste une histoire.

C'est la seule histoire existante sur quelqu'un qui a perdu une jambe et a une petite copine ballerine qui se jette dans le feu à sa suite.

Tu crois vraiment que j'essayais de faire une allusion à ton père et moi ?

Je me souviens que tu m'as demandé si je savais ce que signifiait le mot « destinée ».

Je suppose que je me demandais... si tu étais inquiète. À propos de ton père et moi.

Putain, tu parles que je l'étais.

Je ne suis pas fana de ce mot.

Ose me dire que tu n'as jamais remarqué que Trevor et moi savions que vous étiez malheureux tous les deux. Mais vous semblez aller mieux.

Laisse le sweat ici, d'accord ?

Je suis parfaitement capable de le garder en lieu sûr moi-même, dans la chambre de la résidence. Ce sweat n'a pas vocation à rester dans la Maison de la sécurité.

Vraiment ? Je ne sais plus de quoi nous parlons.

D'une ballerine de papier qui avait deux jambes parfaites bien à elle, mais qui s'est malgré tout jetée dans le feu.

C'est idiot d'emporter quelque chose que tu ne porteras jamais. Il y a très peu de place dans les chambres de la résidence.

D'accord, je laisse le sweat ici. Je laisse tout ici.

Je t'en prie, pas de mélodrame.

Trevor est parti. Je pars demain.

Et tu ne cesses de le dire parce que...

Cette histoire concernait la ballerine de papier. Elle n'avait aucun destin. Le seul à en avoir un était le soldat unijambiste.

Veux-tu que nous lisions à nouveau l'histoire ?

Je crois que je préférerais bouffer du verre.

Dans ce cas...

Je vais laisser le sweat ici. Il sera plus en sécurité.

Bon. C'est agréable d'entendre que j'ai au moins raison sur une chose. Une petite chose. De temps en temps.

Ils ont dépassé la soixantaine à présent.

Il vend toujours des voitures. Elle est retournée à son cabinet, sachant qu'elle est trop vieille et encore trop inexpérimentée pour s'élever au-dessus du niveau d'associée. La société marche assez bien pour s'accommoder d'une figure maternelle raisonnablement compétente, sévère mais compatissante. Elle n'est pas seulement là pour plaider, mais pour se montrer grivoise et insolente face à des hommes dont les propres mères prétendaient être convenables, bien élevées, et optimistes envers et contre tout.

Elle s'inquiète plus qu'elle ne l'aurait cru de faire figure de vieille femme affectueuse et irascible.

Il s'inquiète des ventes. Plus personne ne s'intéresse aux voitures américaines.

Tous les deux sont à la maison ce soir, comme ils le sont tous les soirs en général.

Il est désormais le seul, pour qui la regarde encore, à savoir qu'elle n'a pas toujours été vieille. Beth et Trevor lui sont attachés, mais ils veulent qu'elle soit, comme elle l'a toujours été, l'image même de la grand-mère : digne de confiance, inoffensive et éternellement gentille.

La surprise suivante, semble-t-il, est le déclin. La surprise qui viendra après est la mort, d'abord l'un, puis l'autre.

Son psy l'encourage à ne pas y penser. Elle fait de son mieux.

Les voilà dans leur salon. Ils ont allumé un feu dans la cheminée. Le film qu'ils regardaient sur leur écran géant vient de finir. Sa prothèse (elle est en titane, belle en son genre, rien du grotesque appendice couleur Tricostéril de l'époque de l'université) est posée à côté de la cheminée. Pendant que défile le générique de fin, ils restent assis confortablement sur le canapé.

Elle dit : « Traite-moi de vieille ringarde, mais j'aime encore les films qui ont une fin heureuse. »

Regardant les noms qui défilent sur l'écran, il se demande : « Et nous deux, est-ce que nous avons une fin heureuse ? »

Apparemment oui, d'une façon modeste, familiale. Et ils ont déjà eu des fins heureuses.

Il y a eu cette soirée à la fraternité, il y a quarante ans, quand il s'est dévêtu et a dévoilé son amputation ; quand elle n'avait pas, comme tant de filles avant elle, déclaré que ce n'était pas si grave. Il y a le fait qu'ils n'ont pas fait l'amour avant la nuit suivante, et quand ils l'ont fait, il était déjà à moitié tombé amoureux d'elle, parce qu'elle était capable de le regarder et de comprendre sa détresse.

C'était une fin heureuse.

Il y a eu ce moment où il l'a vue entrer dans la salle d'hôpital et a su avec certitude qu'elle était la personne qu'il désirait voir plus que tout. Qu'elle seule pouvait le faire sortir de là et le ramener chez eux.

Il y a eu le soir où Trevor lui a avoué qu'il était homosexuel, à la fête des fiançailles de Beth, quand ils s'étaient trouvés seuls tous les deux avec leur brandy et leurs cigares ; le soir où il s'est rendu compte que Trevor avait décidé d'informer son père en premier (n'est-ce pas la mère ou la sœur qui sont en général les premières averties ?) ; l'occasion qui lui a été offerte de tenir dans ses bras son fils tremblant et effrayé, de lui assurer que cela ne faisait aucune différence, de sentir son visage inquiet s'enfouir avec reconnaissance dans sa poitrine.

C'était une autre fin heureuse.

Il aurait pu en nommer des dizaines d'autres. Le jour où, lors d'une randonnée, en voyant le premier rayon de l'aube frapper le Half Dome, il avait su que Beth, à l'âge de quatre ans, saisissait pour la première fois la formidable clarté de la beauté. Une averse qui avait si totalement trempé toute la famille qu'ils avaient dansé sous la pluie, sautant à pieds joints dans les flaques.

Il y a ce texto de Beth, envoyé moins d'une heure auparavant, un selfie d'elle et de son mari, Dan, dans leur cuisine, un soir ordinaire (le bébé s'est sans doute endormi à cette heure), leurs têtes collées l'une contre l'autre, souriant dans l'iPhone, avec un seul message : xxx.

Rien n'obligeait Beth à envoyer ce texto, un soir par hasard, sans raison particulière. Elle ne répondait pas à une attente. Elle avait seulement voulu que sa mère et son père les voient, elle et son mari, afin qu'ils sachent où elle était, et avec qui. C'était manifestement important pour elle, leur plus jeune enfant, la plus exaspérante, toujours prête à contester. Elle a vingt-quatre ans, paraît heureuse en couple (je t'en prie, Beth, continue à être heureuse, même si tu ne restes pas mariée) ; il semble qu'elle veuille montrer où elle est à ses parents. Qu'elle sache (elle le saurait) que d'autres nuits l'attendent ; qu'il est impossible de déterminer leur nature mais que ce n'est sans doute pas stupide de transmettre un fragment de cette nuit, pendant qu'elle est jeune et pleine de vie, quand elle et Dan (barbu, portant des lunettes, épris de sa femme, peut-être dangereusement) ont posé le bébé et préparent le dîner ensemble dans leur appartement trop petit de New Haven.

Heureux dénouements. Innombrables.

Il y a ce moment où ils sont tous les deux sur le canapé, avec un feu dans la cheminée ; il y a sa femme qui dit : « C'est l'heure d'aller se coucher », et lui qui convient qu'il est temps d'aller se coucher en effet, dans quelques minutes, quand la dernière bûche sera consumée.

Elle se lève pour remuer les derniers tisons. À l'instant où elle les disperse, elle jurerait qu'elle voit… *quelque chose* dans les flammes mourantes, quelque chose de petit et de vivant, une sphère minuscule qui ne peut être qu'une manifestation de vie. Un moment plus tard, elle se réduit à un simple feu.

Elle ne lui demande pas s'il l'a vue, lui aussi. Mais en ce moment ils partagent les mêmes pensées au point qu'il dit : « Oui », sans avoir la moindre idée de ce qu'il approuve.

LA BÊTE

Vous avez rencontré la bête. Elle est devant vous à l'épicerie du coin, elle achète des cigarettes et une saucisse Slim Jim, flirte avec la caissière jamaïcaine qui n'a pas l'air d'apprécier. Elle est affalée de l'autre côté du couloir central dans le train G qui roule vers Brooklyn, ses avant-bras musclés grouillant de tatouages. Elle fait son cinéma – vulgaire, carburant à la coke, et incroyablement drôle – à l'after à laquelle votre amie vous a entraînée et où vous êtes allée parce que vous n'êtes pas, pas encore, le genre de fille qui dit non.

Il est possible que vous décidiez de vous offrir à la Bête.

Parce que vous en avez marre des garçons qui veulent vous connaître avant d'aller plus loin (« aller plus loin » est l'expression qu'ils emploient), des garçons qui demandent en s'excusant s'ils n'ont pas joui trop vite, qui appellent le lendemain pour demander si ça vous a vraiment plu.

Ou parce que vous commencez à craindre qu'un certain train ne soit sur le point de quitter la gare ; que, même si vous êtes prête à monter dans un train différent, direction le mariage et la maternité, ce train n'emporte ses passagères vers un royaume verdoyant et ordonné d'où elles sont peu à revenir ; que les rares qui tentent d'en revenir ne découvrent que ce qui leur a paru quelques heures a duré vingt ans ; qu'elles ne se sentent grotesques et désemparées dans le genre de fêtes où elles étaient certaines d'avoir été désirées, caressées et pelotées la veille au soir, ou l'avant-veille.

Ou parce que vous croyez, sincèrement, que vous pouvez réparer les torts infligés par d'autres à ce bellâtre efflanqué et nerveux avec ses cigarettes et sa Slim Jim, à ce type lugubre dans le métro, à ce garçon volubile et cynique qui regarde les autres de l'air de dire : « Tu es un connard ou un abruti ? » Les deux seules catégories qu'il connaisse.

Belle était l'aînée de trois sœurs. Quand le père des filles partit à la ville pour affaires et leur demanda quels cadeaux elles aimeraient qu'il leur rapporte, les deux plus jeunes répondirenț : des toilettes. Elles voulaient des bas de soie, des jupons, des dentelles et des rubans.

Mais Belle ne demanda qu'une rose, une rose semblable à l'une de celles qu'elle pouvait cueillir dans une demi-douzaine de buissons à quelques mètres du cottage familial.

Son intention : qu'il rapporte de son voyage quelque chose qu'elle pourrait se procurer sur place. Son désir de cadeau ne serait teinté d'aucun sentiment d'avidité puisqu'il lui serait possible, en quelques minutes, de le satisfaire elle-même avec un sécateur. Elle est sensible à l'intention, pas à l'objet ; réclamer quelque chose de rare et précieux ne peut que transformer en emplette un geste d'affection.

Peut-être voulait-elle lui dire aussi : « Croyez-vous vraiment qu'une robe ou un ruban pour les cheveux me sera utile ? Croyez-vous que cela améliorera la dizaine d'hommes du village à peine passables, ou changera mon modeste espoir de ne pas finir mariée à Claude le charcutier ou Henri le manchot ? Croyez-vous qu'un jupon pourrait compenser notre mauvaise fortune ? Je préférerais avoir seulement une rose. »

Le père ne comprit rien de tout cela. Il fut seulement surpris, et déçu, par la modestie de la demande de Belle. Il avait économisé en vue de ce voyage ; il avait fini par trouver un acheteur potentiel pour sa machine à traire révolutionnaire ; il était enfin un homme qui avait un rendez-vous ; il se réjouissait à l'idée de revenir d'un voyage d'affaires aussi chargé de trésors qu'un rajah.

C'est tout ce que tu veux, Belle ?

C'est tout.

Tu es sûre ? Tu ne seras pas déçue quand Cheri et Madeline essaieront leurs nouvelles robes ?

Non, j'aimerai ma rose.

Il était inutile de lui dire que Cheri et Madeline étaient stupides ; que les toilettes qu'il leur rapporterait ne seraient portées qu'une ou deux fois, à des fêtes de village, puis pliées dans un tiroir et contemplées mélancoliquement de temps en temps après que leurs maris et leurs enfants les auraient confinées chez elles ; après que les soieries et les crinolines seraient tellement piquetées de trous de mites qu'il serait impossible de les porter.

Ce serait donc une unique rose pour Belle. Elle qui possédait un esprit plus vif et moins sentimental que celui de ses sœurs. Elle qui savait qu'il était inutile d'acquérir quelque chose qu'elle n'avait pas, car il n'existait pas d'avenir dans les rues pleines de crottin du village, dans les ricanements lascifs du jeune ramoneur, ou dans le silence patient du fils du meunier.

Très bien, dans ce cas. Elle voulait une rose. Elle aurait une rose.

Le père, revenant de son voyage en ville (le rendez-vous avec l'acheteur ne s'était pas bien passé), s'arrêta en chemin près d'un château entouré de jardins luxuriants. Il lui fallait cueillir une rose à proximité du village, sinon il n'aurait pour Belle qu'une tige et quelques pétales fanés à son retour.

Grommelant, agacé par la modestie perverse et hostile de sa fille (mais soulagé en même temps que, contrairement à ses sœurs, elle ne lui coûte pas l'argent sur lequel il savait depuis peu qu'il ne pouvait plus compter), il cueillit une rose sur un rosier particulièrement fleuri. Une rose parmi un millier.

Ce n'était pas le bon château ; ce n'était pas le bon rosier.

La bête se précipita sur le père. La bête mesurait plus de deux mètres cinquante, un croisement de loup et de lion, avec des yeux étincelants, assassins, et des bras recouverts d'une épaisse fourrure, plus gros que le tour de taille du père. La créature était d'autant plus menaçante qu'elle portait un gilet par-dessus une chemise à jabot.

Elle déclara que cueillir des roses était un crime capital. Leva une patte semblable à un paquet de poignards. Et s'apprêta à écorcher vif le visage du père, en partant du crâne, et à continuer jusqu'au bas du corps.

Pitié, seigneur, cette rose était pour ma fille !

Voler est voler.

Imaginez une voix semblable à une tondeuse à gazon sur du gravier. Essayez de ne pas penser à l'haleine de la bête.

C'est la jeune fille la plus exquise et innocente qui soit. J'ai proposé de lui acheter tout ce qu'elle désirait, mais l'unique chose qu'elle m'a demandé était une rose.

À ces mots, la bête réfléchit.

Elle aurait pu avoir tout ce qu'elle voulait, et elle n'a demandé qu'une rose ?

C'est une fille peu commune. Je l'aime plus que ma vie.

La bête laissa retomber sa patte, l'enfonça avec force dans la poche de son gilet, comme pour l'empêcher de frapper de son propre chef.

Rentre chez toi, dans ce cas. Dis au revoir à ta fille. Donne-lui la rose. Puis reviens ici et accepte ton châtiment.

Entendu.

Si tu n'es pas revenu à cette même heure demain, je te pourchasserai et tuerai tes filles avant de te tuer.

La bête fit demi-tour et repartit vers son château, sur ses pattes aussi grosses et robustes que celles d'un bison. Le père, la rose serrée dans sa main, sauta sur son cheval et déguerpit.

Quand il arriva chez lui, il raconta l'histoire à ses filles et dit qu'il partirait le lendemain à l'aube pour être écorché par la bête.

Ses deux plus jeunes filles lui assurèrent que c'était du bluff. La bête ne pouvait pas savoir où ils habitaient. La bête était un psychopathe tout ce qu'il y avait de plus ordinaire. Les menaces sont faciles à proférer ; la bête était certainement déjà en proie à d'autres hallucinations. La bête était probablement, en ce moment même, en train d'essayer de deviner qui proférait les obscénités qui sortaient des placards, ou pourquoi les meubles se déplaçaient tout seuls.

Alors, papa, on peut voir ce que tu as rapporté ?

Oh oui, bien sûr...

Il sortit l'un après l'autre les paquets de sa sacoche.

Seule Belle savait que la bête les retrouverait et les tuerait. Seule Belle savait ce qu'une seule rose peut signifier, les actes qu'une rose peut inspirer, si vous vivez sans espoir. Si vous êtes une bête confinée dans un château, ou une fille confinée dans un obscur et misérable village.

Et donc, après minuit, quand son père et ses sœurs furent endormis, Belle se glissa hors de l'écurie, enfourcha le cheval de son père et lui dit de la conduire au château de la bête. Le cheval, étant lui-même une bête, s'exécuta de bon cœur.

Cela ressemblait à un acte ultime d'abnégation. Et ce n'était pas faux. Mais il est vrai aussi que Belle préférait n'importe quoi de la part de la bête à un autre jour passé à s'occuper des oies, à une autre soirée à faire de la tapisserie.

Il est vrai également qu'elle espérait voir son père venir à son secours, quand il se réveillerait au lever du jour et verrait qu'elle était partie. Il est vrai qu'elle se représentait son père affrontant la bête – son père qui avait été la bête quand elle était jeune, énorme et hérissé de poils ; son père qui avait été ostensiblement doux et gentil même quand, loin d'être aveuglée par la naïveté de ses sœurs, elle comprenait l'effort qui lui était demandé pour refréner certains actes qu'il aurait pu si facilement commettre, en l'absence de la mère des filles, allongée sous sa croix dans le cimetière.

Sur son cheval qui l'emportait à travers la campagne nocturne et les bruissements des marais vers le château de la bête, vers le combat qu'elle pourrait déclencher, Belle envisagea toutes les hypothèses. Elle prit (pourquoi le nier ?) un certain plaisir à se demander qui la réclamerait – le père ou la bête ?

En fait, le père fut terrassé de chagrin quand il découvrit au petit matin que son aînée était partie chez la bête. Cependant, il ne pouvait s'empêcher de penser que son désir de posséder une rose avait non seulement provoqué cette triste situation, mais était, en un sens, une forme sournoise de vanité. Belle voulait être celle qui restait pure et sans tache. Elle était encline à l'arrogance des nonnes.

Il regretterait à jamais sa propre décision, qui l'avait conduite à prendre sa place. Mais c'était fait. Le temps passant, il découvrirait d'autres raisons de blâmer sa fille. Il se coulerait avec une certaine délectation dans la peau d'un homme détestable, sans cœur, un homme qu'il lui serait plus facile d'être, à la longue.

Dès l'instant où Belle arriva au palais de la bête, elle fut parfaitement traitée. Les repas apparaissaient spontanément, les feux jaillissaient joyeusement dans les cheminées dès qu'elle entrait dans une pièce. Des bras enfantins, sortant des murs de plâtre, présentaient des flambeaux allumés pour la guider le long de corridors crépusculaires.

Il lui fallut moins de quarante-huit heures pour comprendre que son père n'organiserait aucune opération de secours ; qu'il était soulagé d'avoir pu échapper à la bête ; que la perspective de passer ses vieux jours entouré de deux filles sur trois (il pouvait compter sur elles pour prendre soin de ses articulations douloureuses, ou pour lui apporter, s'il en avait besoin, un autre oreiller) lui suffisait.

Belle vécut alors seule avec la bête dans son château.

Elle était toujours digne et souriante. Personne ne vint rejoindre l'innocente jeune fille dans le grand lit où elle dormait. Elle ne se trouva pas empalée sur un énorme membre écarlate de presque soixante centimètres de long ; elle ne subit pas les caresses d'une langue plus carnivore que charnelle ; elle ne fit pas l'expérience d'une relation sexuelle qui se moquait de son propre plaisir.

Elle en fut naturellement soulagée. Elle avait peine à s'avouer que, au tréfonds d'elle-même, elle en était aussi déçue.

Les jours et les nuits prirent une étrange mais indubitable régularité. Le jour, la bête prétendait avoir à faire dans des parties éloignées du château. La nuit, elle s'asseyait près de Belle pendant qu'elle dînait, arpentait les couloirs en marmonnant, jusqu'à ce que vienne l'heure de s'enfoncer dans la forêt, d'égorger un faon ou un sanglier et de les dévorer.

Belle le savait parce qu'elle s'était postée à la fenêtre de sa chambre, une nuit où elle ne dormait pas. La bête croyait tuer ces animaux en secret. Elle ignorait que Belle était capable d'accepter qu'elle soit tourmentée, mais aussi, comme le commun des mortels, qu'elle ait besoin de manger.

La bête était, et n'était pas, la créature que s'était représentée Belle. Elle s'était attendue à ce qu'elle soit sauvage, cruelle et malodorante. Elle n'avait pas imaginé qu'elle aurait ce comportement à la fois animal et chevaleresque.

Si Belle fut curieusement décontenancée par l'attitude parfaite de la bête, par ses efforts pour cacher ses habitudes moins convenables, elle finit par ressentir, avec le temps, une affection mesurée mais durable pour elle. Pas pour la puanteur sauvage – mélange de merde et d'animalité – qu'aucune eau de Cologne ne pouvait dissimuler ; ni pour la vue des griffes aussi grosses que des clous de couvreur qui s'efforçaient de saisir une coupe de vin. Elle finit par être touchée de la voir si désireuse de se montrer aimable et tendre, généreuse et sincère, comme si elle était une épouse depuis longtemps unie à un homme que ses désirs charnels avaient déserté en même temps que l'orgueil de ses jeunes années, craignant plus que tout de perdre l'affection de sa femme qui vivait avec une version diminuée de lui-même. Elle en vint à éprouver des sentiments inspirés par la douceur qu'affichait la bête, la gratitude qui brillait dans son regard animal quand elle la contemplait, l'orgueilleuse impuissance à laquelle elle était condamnée.

Finalement, au bout de plusieurs mois, avec leur succession de jours et de nuits identiques – les vaines occupations de Belle à des travaux de broderie, les dîners où il n'y avait rien à se dire –, la bête lui dit de retourner chez elle. Elle tomba lourdement à ses genoux, comme un cerf criblé de flèches, et avoua qu'elle avait eu tort de la garder à son côté, qu'elle avait été victime d'un fantasme, s'était fait des illusions sur le pouvoir de l'amour mais, franchement, à quoi pensait-elle ? Avait-elle vraiment cru qu'une jolie fille venue à lui contre sa volonté pourrait aimer un monstre ? Elle avait été trompée, semblait-il, par des histoires qui couraient sur des filles amoureuses de créatures contrefaites et horribles ; elle n'avait pas cherché à savoir ce qui clochait, dans pareil cas, chez les filles elles-mêmes.

Belle ne put se décider à dire à la bête que si elle avait été moins courtoise, si elle lui avait montré un aspect plus menaçant, cela aurait pu marcher. Elle se demanda pourquoi tant d'hommes pensaient que c'était par la douceur que l'on gagnait le cœur des femmes.

Mais la bête et elle n'avaient pas établi de rapports de franchise, et il était trop tard, alors, pour commencer. Elle accepta l'offre de la bête et s'enfuit. Elle regrettait de la quitter, mais ne pouvait se résoudre à embrasser un tel avenir, une vie désœuvrée, inutile, séquestrée dans un château – si obligeante que puisse être la bête, toujours prête à allumer des feux et à préparer des repas –, avec pour toute compagnie un monstre obsédé par la contemplation de ses propres péchés. Elle s'enfuit parce que la vie au château de la bête était plus confortable que celle qu'elle menait chez elle mais, au fond, pas si différente.

Pourtant, quand elle regagna son village, elle découvrit avec étonnement qu'elle n'avait aucunement l'impression de se retrouver chez elle. Elle fut heureuse, assez heureuse, de revoir son père et ses sœurs, mais son père était toujours l'homme qui ne l'avait pas suivie au château de la bête, qui ne s'était pas battu pour elle. Ses sœurs avaient épousé les hommes qu'elles étaient destinées à épouser – un maçon et un quincaillier, des hommes robustes ordinaires qui accomplissaient leur travail sans récriminations ni ardeur, qui aimaient que leur dîner soit servi à six heures tapantes, et qui rentraient tard d'un pas lourd de leurs pubs, prêts à engendrer encore plus d'enfants. La cadette en avait déjà deux ; la benjamine allaitait son premier, alors que le deuxième était en route.

Mais le plus surprenant était que Belle semblait avoir acquis une réputation pendant son absence.

Bien que la véritable histoire de son séjour chez la bête ne se soit pas ébruitée, personne ne croyait à la version donnée par le père sur son soudain départ pour un couvent. Les villageois étaient convaincus qu'elle était partie dans un pays lointain et étranger où elle avait mal tourné, qu'un duc ou un comte s'était lassé d'elle, ou qu'elle était devenue trop banale pour être la favorite du bordel, et qu'elle s'était alors imaginé qu'elle pouvait tout simplement revenir au pays, comme si de rien n'était. Maintenant que Belle était rentrée au bercail, même la fine fleur des hommes encore célibataires (le boulanger sujet à des accès de rage, l'éleveur de lapins avec son strabisme et ses tics), même ces tristes spécimens montraient peu d'enthousiasme pour une fille dont il fallait de toute évidence dissimuler le passé.

Finalement, un soir tard (des explications auraient été embarrassantes), Belle se glissa au-dehors, enfourcha le cheval et retourna au château de la bête. Au moins y était-elle désirée. Au moins y était-elle aimée. Au moins la bête ne lui trouvait-elle aucune raison d'avoir honte.

Quand elle arriva, cependant, le château était sombre et désert. Ses portes massives s'ouvrirent sans peine, mais les chandeliers sur les murs ne s'allumèrent pas au moment où elle s'avança dans les corridors. Les visages des chérubins sur les moulures n'étaient que de simples sculptures de bois, inertes.

Elle trouva la bête dans le jardin, qui était envahi de mauvaises herbes et de broussailles, les haies hérissées de branches telles des pensées folles. La fontaine, asséchée, était entièrement sillonnée de minces fissures.

Sur les dalles, devant la fontaine, gisait la bête.

Belle s'agenouilla à côté d'elle. Bien qu'elle semblât trop accablée pour parler, on voyait encore une lueur vaciller dans ses yeux jaunes.

Belle souleva difficilement une de ses pattes dans ses petites mains. Elle lui dit doucement, comme on murmure un secret, qu'elle ne s'était rendu compte qu'elle l'aimait qu'après avoir été séparée d'elle. Elle ne mentait pas ; elle ne mentait pas vraiment. Elle l'aimait d'une certaine façon. Elle avait pitié de la bête, elle avait pitié d'elle-même, elle avait de la peine pour elles deux – deux âmes qui semblaient s'être perdues par un simple hasard.

Et si la bête pouvait être sauvée, si elle pouvait être ramenée des confins de la mort…

Belle prenait plaisir à s'imaginer en train de repousser fièrement les laissés-pour-compte du village qui auraient consenti à la prendre pour épouse ; elle s'imaginait disant non au boulanger, à l'éleveur de lapins, au vieux veuf au regard voilé dont la maison jadis respectable penchait sur ses fondations, répandant ses bardeaux sur la place du village.

Elle serait l'épouse d'une bête. Elle vivrait dans son château. Elle n'aurait cure des chuchotements des vieilles femmes et des commérages.

Elle murmura dans l'oreille poilue de la bête, une oreille plus grande qu'un gant de base-ball, que si elle arrivait à se rétablir, si elle parvenait à se relever, elle l'épouserait.

Le résultat fut immédiat.

La bête se releva d'un bond avec l'ardeur d'un lion. Derrière elle, la fontaine se mit à nouveau à cracher de l'eau.

Belle fit un pas en arrière. La bête la regardait avec adoration. Elle la contemplait avec une gratitude à la fois merveilleuse et effrayante.

Soudain, la peau de la bête se fendit en deux comme une chrysalide. Les griffes et les crocs tombèrent. L'odeur de fauve se dissipa.

Et le voilà.

Magnifique. Vigoureux, le visage carré, tout en muscles.

Le prince se dresse au milieu de sa fourrure et des griffes restées au sol. Il jette un regard stupéfait sur son corps retrouvé. Il fait jouer ses mains humaines, teste la souplesse des jambes qui ont remplacé ses grosses pattes griffues.

L'envoûtement a été conjuré. Belle le soupçonnait-elle depuis le début ? Elle savourera l'idée qu'elle en a eu l'intuition, qu'elle a su découvrir les rouages du sortilège, mais elle n'en sera jamais sûre.

Haletante, transportée, elle attend que le prince ressuscité la prenne dans ses bras. Mais il doit d'abord regarder son reflet dans l'eau qui clapote déjà dans la fontaine ranimée.

Ça a marché. Il y est arrivé. Il a amené une adorable jeune femme à prêter foi à une âme que dissimulait – à tous sauf à elle – une laideur monstrueuse.

Le sein pâle de Belle se gonfle de désir.

Le prince se détourne lentement de son reflet, lui adresse un sourire bestial, lascif ; un sourire avide et vorace. Bien que son visage soit d'une beauté parfaite, quelque chose en lui n'est pas tout à fait normal. Les yeux restent féroces. La bouche semble toujours capable de déchirer la gorge d'un daim. Il pourrait presque être le plus jeune frère de la bête, plus beau (beaucoup plus beau), comme si ses parents avaient mis au monde un enfant difforme suivi d'un autre parfaitement proportionné.

Belle commence soudain à se poser des questions. Est-il possible que le sortilège qui l'a transformé en bête, il y a longtemps, ait été une mesure de protection ? Le prince a-t-il été enfermé dans cette enveloppe monstrueuse pour des raisons compréhensibles ?

Elle se recule. Avec un sourire vainqueur, un sourd grondement de triomphe, il s'avance.

SES CHEVEUX

Après que la sorcière eut compris…

Après qu'elle eut coupé les cheveux de Raiponce…

Après que le prince fut tombé de la tour dans le buisson de ronces qui lui crevèrent les yeux…

Il erra à travers le monde à sa recherche, enfourchant son cheval. Il n'emmena personne avec lui.

Il frappa à mille portes. Il parcourut des rues de village et des petites routes de campagne, criant son nom. Un nom suffisamment étrange pour que les villageois et les paysans qu'il rencontrait le croient fou. Il ne leur vint jamais à l'esprit qu'il cherchait peut-être quelqu'un de réel.

Certains se montrèrent obligeants. « Il y a une rivière un peu plus loin, faites attention au ravin en vous approchant. » D'autres lui jetèrent des pierres, d'autres encore fouettèrent à coups de baguette les flancs décharnés de son cheval.

Il ne renonça pas. Il chercha pendant un an.

Jusqu'à ce qu'il finisse par la trouver...

Il la trouva dans la cabane désertique où la sorcière l'avait bannie...

Il la trouva vivant seule au milieu de tourbillons de poussière qui entraient à travers les rideaux, et d'énormes mouches comme il n'en avait jamais vu...

Elle le reconnut dès qu'il ouvrit la porte, bien qu'il fût presque méconnaissable, le teint cireux, le visage balafré, ses vêtements en lambeaux.

Et il y avait ces orbites noires et vides, de la taille d'œufs de corbeau, là où avaient été ses yeux.

Il dit seulement : « Raiponce. » Un prénom qu'il avait déjà prononcé devant mille portes, chaque fois éconduit, cruellement ou gentiment, car il n'était plus qu'une créature misérable à l'esprit troublé. Il n'y a, comme il l'avait appris, qu'une barrière étonnamment mince entre un prince poursuivant sa quête et un vagabond aveugle aux idées confuses qui n'a rien à offrir qu'un unique mot que personne ne comprend.

Il connaissait désormais le sort de celui qui est plongé dans les ténèbres ; lui qui un an auparavant, splendide et souverain, fort et valeureux, escaladait à deux mains une corde de cheveux d'or.

Lorsqu'il arriva enfin devant chez elle, après avoir perçu la présence d'une maison, trouvé son chemin en tâtant les planches raboteuses jusqu'à la porte…

Quand elle tendit la main et voulut saisir la sienne, ensanglantée et couverte de cicatrices, il reconnut ses doigts avant même qu'ils touchent sa peau, comme un chien reconnaît son maître alors qu'il est encore à cent mètres de distance. Il poussa un grognement sauvage, un cri de bonheur ou de douleur intolérable, comme s'il existait un son pouvant témoigner des deux en même temps.

Il n'arrivait pas à pleurer. Il en était incapable.

Avant qu'il ne l'emporte vers son château, elle le pria de l'attendre une minute, rentra en courant dans la cabane et prit ses cheveux dans le tiroir de sa commode où elle les avait gardés pendant un an, enveloppés dans du papier de soie, enfermés à l'abri comme de l'argenterie de famille.

Elle ne les avait pas regardés, pas une seule fois, depuis que la sorcière l'avait emmenée dans la cabane.

Et s'ils étaient devenus ternes, s'ils avaient perdu leur éclat ?

Et s'ils étaient mangés aux mites ?

Et s'ils avaient seulement l'air… morts… comme un objet dans un musée ?

Mais elle était là, la tresse blond vénitien de plus de six mètres de long, brillante, pleine de santé tel un chat bien nourri.

Elle glissa les cheveux dans son sac avant de partir avec le prince.

Ils vivent dans le château, à présent. Chaque nuit, le prince s'étend à son côté et caresse les cheveux qu'elle garde près d'elle.

Qu'elle lave et parfume…

Qu'elle sort discrètement, quand le prince cherche à la rejoindre dans le lit.

Il enfouit son visage dans ses cheveux. Parfois elle s'étonne – ne se demande-t-il pas pourquoi ses cheveux ne continuent pas à pousser ? N'a-t-il pas vu la sorcière les couper ? Il ne peut quand même pas imaginer qu'ils ont repoussé en une année seulement.

Pourtant, le visage aveugle enfoui dans les cheveux de Raiponce, il pousse parfois, certes de moins en moins souvent, ce hurlement terrible, ce cri de révolte et de désolation, ce vagissement de chaton aussi puissant que le grondement d'un léopard.

On dirait qu'il a oublié, ou qu'il préfère ne pas se souvenir. Aussi ne lui rappelle-t-elle jamais que les cheveux ne sont plus désormais attachés…

Elle ne lui rappelle jamais qu'ils ne sont plus une chose vivante…

Elle ne lui rappelle pas que c'est un souvenir qu'elle conserve intact, qu'elle conserve pour lui.

Pourquoi voudrait-il savoir ?

POUR LE RESTANT DE LEURS JOURS

Il était une fois un prince qui vivait dans un château perché sur une colline, sous un ciel qu'illuminait le bleu royal de la baie. Le long de la pente qui descendait du château à la mer se déployait une ville où les menuisiers fabriquaient des tables et des chaises très prisées, où les pâtissiers confectionnaient des gâteaux et des tartes que l'on venait acheter de loin. Tous les matins, les pêcheurs du coin remontaient des filets remplis de poissons d'argent étincelants ; tous les soirs, l'odeur de poisson grillé emplissait l'air. L'avenue qui entourait la baie était éclairée par des cafés et des tavernes d'où jaillissaient des airs de musique et des rires que le vent emportait doucement à travers la ville et jusque dans la forêt, où lièvres et faisans s'immobilisaient parfois pour écouter.

Lorsque le prince eut dix-huit ans, on le maria à une princesse d'un royaume voisin moins prospère ; un royaume à l'intérieur des terres édifié sur une rivière à sec depuis des siècles ; un endroit où le sol crayeux ne produisait que des choux, des navets et autres légumes consistants mais peu alléchants ; où les cafés fermaient à neuf heures et dont les artisans ne fabriquaient que des couvertures et des chandails grossiers, censés fournir la meilleure protection contre les vents froids qui soufflaient du glacier au sommet de la montagne.

Ce fut le roi qui demanda la main de la princesse pour son fils afin d'éviter que le monarque voisin n'envoie ses soldats – maigres et affaiblis par une piètre alimentation, d'autant plus dangereux qu'ils souffraient constamment de privations – armés d'arcs et d'épées envahir les riches campagnes verdoyantes de son royaume sur la baie, et ne s'en déclare le propriétaire légitime.

Le père de la princesse accepta, parce qu'il avait trop peu confiance dans son armée affamée mais aussi parce que la princesse en question, l'aînée de ses trois filles, était dépourvue des charmes féminins les plus habituels et n'avait reçu aucune autre proposition à l'âge de vingt-deux ans. Selon la loi, elle devait pourtant être mariée avant ses sœurs, qui (cruelle plaisanterie, pour le roi) étaient toutes sveltes et ravissantes.

Le mariage ne fut pas heureux, au début. Le prince était conscient de ses devoirs et les accomplissait. La princesse en faisait autant.

Étant tout sauf belle, elle ne se faisait pas d'illusions sur l'arrangement qui avait été conclu, sur la façon dont elle avait été refilée à un mari qui, pensait-elle, remplirait son devoir conjugal dans l'indifférence, puis satisferait ses vraies inclinations amoureuses avec des femmes de chambre et des duchesses, à l'occasion avec une putain amenée secrètement de la ville.

Il se trouva qu'elle se trompait du tout au tout. Si, pendant le mariage (qui fut aussi leur première rencontre) et tout de suite après, elle avait trouvé son attitude forcée et peu sincère – un prince qu'on eût dit mal formé à son métier de prince (« Tenez la tête un peu plus droite, non, pas si haut. Parlez d'un ton de commandement... Non, cela ne signifie pas hurler… ») –, il montra rapidement qu'il n'était pas, comme elle l'avait cru, faussement confiant dans les talents qui lui manquaient. Il était beau, beaucoup plus beau qu'elle, mais sa beauté était timide et éphémère, ses yeux humides. C'était un de ces garçons délicats dont on murmure quand ils atteignent la cinquantaine : « Vous ne le croirez pas, il était si beau dans sa jeunesse », avec une satisfaction indignée.

Mais, plus inattendu… il était si nerveux, si peu sûr de lui qu'il ne s'imaginait pas en roi, bien qu'il fût destiné à le devenir un jour, destin aussi inéluctable que la mort elle-même. Il lui en fit la confession durant leur nuit de noces. Il lui semblait impensable de taire ses craintes, de cacher son angoisse.

De son côté, il fut d'abord déçu, mais très vite surpris par elle.

Quand elle lui apparut pour la première fois, le jour du mariage, sa robe blanche, si soigneusement coupée fût-elle, ne pouvait dissimuler sa silhouette lourde, son grand front bombé ni son grand nez en trompette. On eût dit une péniche, au bras de son père qui la guidait avec la solide détermination d'un marchand dans l'allée de la cathédrale. Voilà donc le visage épais, les épaules masculines et les larges hanches qu'il verrait quotidiennement pour le restant de sa vie.

Et pourtant, durant cette nuit de noces, quand ils furent enfin seuls dans la chambre à coucher royale... Disons qu'elle montra qu'elle n'était pas la jeune vierge que la tradition et la bienséance exigeaient. Elle n'aurait pu inventer des trucs pareils sans qu'ils lui eussent été enseignés. Qui sait combien de palefreniers, combien de pages elle avait renversés dans des meules de foin ou sur des pelouses isolées ?

Il n'aima pas seulement les révélations de la chair – lui qui était en réalité aussi virginal qu'elle était censée l'être –, mais l'évidence qu'elle s'était mal conduite. Il aima la première vision qu'elle lui offrit de sa nudité. Elle était massive mais ferme, son corps fait de douces collines, de courbes blanches et satinées. Durant cette première nuit, elle lui indiqua, sans embarras, ce qu'il fallait faire, et lui, qui manquait d'expérience, lui obéit avec contentement ; lui qui était destiné à donner des ordres, confronté à des sujets qui le regardaient d'un air interrogateur, attendant sa décision, attendant qu'il prenne une décision, toutes les décisions, en toute circonstance.

Le roi mourut peu après, piétiné pendant une chasse par le cheval qu'il considérait comme son compagnon le plus fidèle. Le prince, à son grand effroi, fut couronné roi trois semaines avant son dix-neuvième anniversaire.

Elle découvrit l'amour avec une étrange sensation d'impuissance, comme si son mari et elle avaient été atteints en même temps d'une même maladie. Elle attendait le matin, impatiente de le voir tout hébété mais adorable au réveil (il aimait qu'elle le prenne dans ses bras pendant quelques minutes avant de se lever et d'aller remplir ses devoirs royaux) ; elle aimait lui parler le soir, après qu'il avait accompli ses obligations, d'un peu de tout, des petits événements de la journée, de son amour pour un poète local récemment décédé et que le nouveau roi pouvait citer indéfiniment. Elle découvrit avec surprise (et bizarrement un brin de déception) qu'elle s'était trompée au sujet des femmes de chambre et des putains ; qu'il avait en fait l'intention, chaque soir, de retrouver leur lit ; qu'il savourait toujours autant son empressement à le diriger (« Ne bouge pas, détends-toi, je sais que c'est un peu douloureux, mais laisse-toi faire, une douleur modérée donne aussi du plaisir... »).

Pendant les mois qui suivirent le couronnement, la reine ne put croire un seul instant qu'il sous-estimait son intelligence (elle était, en réalité, intelligente). Il était chaque jour plus évident qu'il attachait davantage d'importance à ses avis qu'à ceux de ses conseillers (elle dont les seules responsabilités officielles étaient de maintenir la paix et d'enfanter des héritiers). Lorsque le roi eut vingt ans (elle venait d'en avoir vingt-quatre), il devint flagrant qu'ils gouvernaient ensemble en secret ; qu'obéissant à la tradition il présentait chaque jour comme ses propres décisions celles qu'ils avaient prises ensemble, la nuit précédente, quand ils étaient au lit.

Des décennies passèrent. Ils eurent un fils, une fille, et un deuxième fils.

Leur vie, leur règne, ne fut pas sans soucis. Des vols furent commis parmi leurs sujets, il y eut des litiges, des poursuites judiciaires concernant des limites de propriété établies des siècles plus tôt. La femme du fabricant de haches fendit le crâne de son mari avec un os de mouton et, quand la police l'arrêta, déclara qu'elle n'avait pas voulu abîmer une de ses haches. Au château, une fille fut engrossée par un page et (bien que le roi et la reine ne l'eussent pas condamnée) elle se noya dans un puits. Le cuisinier se disputait sans arrêt avec l'intendant et chacun rédigea, pendant presque trente ans, un rapport hebdomadaire sur les abus et la dureté de l'autre.

Dans la famille, la cadette, qui avait hérité, en pire, la tendance à l'embonpoint de sa mère, sauta par une fenêtre à l'âge de douze ans, mais – comme il s'agissait du deuxième étage – atterrit sans dégâts dans un buisson d'hortensias et, une fois son geste accompli, ne sembla pas juger bon de le renouveler.

Le deuxième fils, le benjamin – sachant qu'il ne serait jamais roi –, s'enfuit à l'âge de dix-sept ans, mais revint moins d'un an plus tard, amaigri et en haillons, après avoir tenté une existence de barde et de troubadour dans le royaume voisin, et découvert que ses talents limités ne suscitaient que peu d'attention. Il décida qu'il pourrait se tirer de son rôle de prince en composant de la poésie et en chantant aux fêtes du palais.

L'aîné était un enfant facile. Robuste et courageux, sûr de lui sans la moindre arrogance, il n'était pas l'esprit le plus subtil et pénétrant qui soit, et ses parents ne pouvaient que douter de sa capacité à être roi le jour venu.

Bien que le roi et la reine n'aient jamais totalement cessé de s'inquiéter pour leurs enfants, l'aîné resta fidèle et dévoué, et acquit une allure plus royale lorsqu'il eut vingt ans passés. Le cadet épousa une princesse sans charme mais fort intelligente d'un royaume éloigné, écrivit des recueils entiers de poésie pour son épouse, qui le tenait pour un génie incompris de son temps mais assuré d'être reconnu par l'histoire. La fille ne se maria pas (malgré quelques propositions), mais devint une archère de haut niveau, une chasseresse et une navigatrice, et trouva d'intenses satisfactions dans ce qu'elle accomplissait si bien.

Le roi et la reine ne furent pas à l'abri des chagrins et des épreuves. À l'approche de la vieillesse, le roi crut tomber amoureux d'une duchesse stupide mais d'un calme impérial, rêveuse et d'une pâleur sublime, et il lui fallut une semaine pour s'apercevoir qu'elle l'ennuyait plus qu'elle ne l'enivrait. La reine, peu après l'épisode de la duchesse, reprit son habitude de renverser pages et palefreniers dans les balles de foin et les pelouses cachées, jusqu'à ce que la docilité forcée des garçons, les espoirs de promotion perceptibles dans leurs gémissements lascifs deviennent plus humiliants que gratifiants.

Le roi et la reine se retrouvèrent, éprouvés, honteux, et étrangement amusés de leurs aventures.

Ils découvrirent, étonnés, qu'ils s'aimaient plutôt davantage après avoir démontré, tardivement dans l'existence, qu'ils avaient encore le sang chaud.

Elle lui déclarait, de temps à autre : « Aujourd'hui svelte et mince, j'apprends à pleurer sans bruit quand chante le rossignol. »

Il lui disait, de temps à autre : « Me chevaucher ne vous conduira pas plus haut, êtes-vous sûre que l'effort en vaut la peine ? »

Ce qui (à leur grande surprise) les faisait toujours rire.

Finalement, des dizaines d'années plus tard, alors que le roi se mourait, la reine repoussa doucement toute l'assistance dans le couloir, ferma la porte de la chambre royale et se glissa dans le lit avec son mari. Elle se mit à chanter pour lui. Ils rirent. Il respirait avec peine, mais il pouvait encore rire. Ils se demandèrent : « N'est-ce pas stupide ? N'est-ce pas... prétentieux ? » Mais ils savaient que tout ce qui devait être dit avait déjà été dit, mille et mille fois, au fil des années. Et donc le roi, soulagé, libre de se montrer ridicule, demanda qu'elle lui chante un air de son enfance. Il n'avait plus besoin de se montrer royal, il n'avait plus besoin de se montrer autoritaire ou digne, pas avec elle. Ils étaient, à leur manière, en train de mourir ensemble, et le savaient l'un comme l'autre.

Il n'était pas le seul à mourir. Aussi se mit-elle à chanter. Ils partagèrent un dernier éclat de rire – en admettant que le chat chantait mieux qu'elle. Pourtant, son chant le transporta hors du monde.

Quand la reine fut mourante, des années plus tard, vingt-trois personnes se trouvaient dans la pièce, ainsi que trois chats et deux chiens. Il y avait ses enfants et les enfants de ses enfants, trois de ses femmes de chambre, deux pages (le plus jeune et le plus vieux, connus depuis longtemps pour être amants, leur secret respecté par tous), et le cuisinier et l'intendant (dont les dernières réclamations dataient d'à peine quelques semaines). Les animaux – les chiens et les chats – étaient dans le lit de la reine. Les gens préféraient se tenir à distance, excepté Sophia, la plus vieille femme de chambre, qui humectait le front de la souveraine avec un mouchoir.

L'assistance n'était ni silencieuse ni déférente. L'un des bébés s'agitait. Un des chiens montrait les dents à l'un des chats. Mais la reine, devenue énorme et pâle comme du lait, contemplait les êtres qui l'entouraient, humains et animaux, avec compassion, comme si c'étaient eux qui étaient en train de mourir.

À l'instant où elle rendait son dernier soupir, un enfant dit à un autre : « Elle ressemble à une planète, tu trouves pas ? »

L'autre répondit : « Non, elle ressemble à une vieille dame malade. »

Chacun se trouva satisfait d'avoir la preuve de la bêtise de l'autre. Chacun des garçons, tandis que leur grand-mère la reine s'enfonçait dans le néant, pensait à l'avenir qui lui était promis ; l'un parce qu'il avait un œil et un cœur de poète ; l'autre parce qu'il avait un esprit pratique et rationnel. Chacun pensait, tandis que sa grand-mère mourait, qu'il irait loin dans l'existence.

Comme l'avenir le montra, tous deux avaient raison.

Tous les enfants prospérèrent après que la reine eut trouvé son dernier repos. Son fils aîné, qui avait, sur les instances de sa mère, régné depuis la mort de son père, demeura juste et bienveillant, et l'héritier mâle enfanté si rapidement par sa femme sembla très tôt être un autre roi bon et charitable en devenir. Le château ne se fissura ni ne s'effondra. Chaque marée apportait de nouvelles masses de poissons. Les fils et les filles des charpentiers fabriquaient des tables et des chaises encore plus magnifiques que celles de leurs parents ; les fils et les filles des boulangers se levaient au petit matin pour cuire davantage de tartes et de gâteaux, de pain et de muffins.

La paix régna la plupart du temps, malgré les vols et les litiges persistants ; les fils et les filles s'enfuyaient encore de temps en temps, ou perdaient l'esprit ; la colère, longtemps contenue, se concluait parfois par un meurtre.

Néanmoins, l'abondance et la grâce prévalaient en général. Il y eut des mariages qui duraient la vie entière. Il y eut des fêtes et des funérailles, il y eut des artisans et des poètes. Les inventeurs produisirent des machines qui projetaient une lumière plus vive, qui accomplissaient sans rechigner les tâches les plus rebutantes, qui captaient et conservaient la musique dont on avait longtemps cru qu'elle existait seulement tant que les musiciens jouaient et chantaient. Dans la forêt, les lièvres et les faisans s'immobilisaient parfois avec le même intérêt étonné en l'entendant, sans se préoccuper de savoir si elle émanait de musiciens vivants ou morts depuis des lustres. Dans la ville, les enfants – tous nés longtemps après que le roi et la reine avaient été déposés côte à côte dans leurs tombeaux – percevaient, au milieu des rires et des chansons qui provenaient des cafés, la voix de leurs parents les rappelant à la maison. Certains de bon gré, d'autres en renâclant, mais tous, chacun des enfants, rentraient le soir chez eux.

TABLE DES MATIÈRES

MIXTE
Papier issu de
sources responsables
FSC® C003309

10/18, une marque d'Univers Poche,
est un éditeur qui s'engage pour
la préservation de son environnement
et qui utilise du papier fabriqué à partir
de bois provenant de forêts gérées
de manière responsable.

Imprimé en France par CPI

N° d'impression : 3023582
X07052/01